Bianca

SEDUCIDA POR ÉL
DANI COLLINS

Editado por Harlequin Ibérica.
Una división de HarperCollins Ibérica, S.A.
Núñez de Balboa, 56
28001 Madrid

© 2015 Dani Collins
© 2016 Harlequin Ibérica, una división de HarperCollins Ibérica, S.A.
Seducida por él, n.º 2439 - 13.1.16
Título original: Seduced into the Greek's World
Publicada originalmente por Mills & Boon®, Ltd., Londres.

I.S.B.N.: 978-84-687-7378-0
Depósito legal: M-34556-2015
Impresión en CPI (Barcelona)
Fecha impresion para Argentina: 11.7.16
Distribuidor exclusivo para España: LOGISTA
Distribuidores para México: CODIPLYRSA y Despacho Flores
Distribuidores para Argentina: Interior, DGP, S.A. Alvarado 2118.
Cap. Fed./Buenos Aires y Gran Buenos Aires, VACCARO HNOS.

Capítulo 1

AL OÍR aquella risa pura y espontánea, Demitri Makricosta apartó la mirada de la bella mujer italiana que estaba coqueteando con él y buscó de dónde provenía el sonido. Experto conocedor de la risa falsa, la naturalidad con la que aquella mujer se reía le resultó extremadamente atractiva. Era femenina sin ser una risa tonta o juvenil, cálida y sexy sin ser falsa.

Durante un instante, él centró toda su atención en ella. Tenía una melena corta y rubia. Y su tez pálida hizo que él no pudiera evitar pensar en la suavidad que percibiría al besar su mejilla. Se preguntaba cómo olería su piel. Quizá como la fruta de verano. Su perfil era femenino, con la nariz respingona, y las curvas de su cuerpo tremendamente apetecibles.

Encerradas en el uniforme de Makricosta.

«Maldita sea», pensó él, sintiéndose decepcionado.

Observó el uniforme una vez más, deseando no reconocerlo. No llevaba la falda y la chaqueta roja que vestía el personal francés en París, de ser así habría estado una pizca esperanzado.

Por desgracia, los pantalones largos y la chaqueta que llevaba pertenecían a uno de los uniformes canadienses. A los del hotel Makricosta Elite de Montreal. Estaba seguro de ello porque era él quien tenía la palabra final en todas las decisiones de marketing de la cadena hotelera familiar, incluida la imagen de los empleados.

No quería reconocerlo. Ese era el problema. Se sentía muy atraído por aquella mujer.

Y resultaba extraño. Cualquier mujer le parecía adecuada. Nunca se preguntaba quiénes eran o cuál era su historia. Y menos cuando ya tenía una mujer tocándole el brazo y murmurando:

–¿*Bello*? ¿Qué ocurre?

–Me parece que he visto a alguien conocido –mintió él, sonriendo a su acompañante antes de mirar una vez más a la mujer, su empleada, que estaba riéndose al otro lado del vestíbulo.

Observó que se colocaba un mechón de pelo detrás de la oreja y, leyéndole los labios, se enteró de que estaban hablando acerca de algo referente a un correo electrónico. Había mucho ruido y no podía oír su voz.

Sintiendo curiosidad por ver qué clase de hombre provocaba en ella aquella mirada radiante, Demitri se apoyó en el respaldo del sofá de terciopelo, separándose de la mujer que iba a ser su pasatiempo aquella noche.

«Gideon».

Al percatarse de que aquel hombre era su cuñado, se sorprendió. No parecía que Gideon estuviera coqueteando con ella, pero Demitri se puso en pie con indignación. Su hermana Adara había sufrido mucho, sobre todo unos años atrás cuando la secretaria personal de Gideon le contó que él mantenía una aventura amorosa con ella. Demitri no iba a permanecer sin hacer nada mientras una mujer coqueteaba con el marido de Adara.

–Ya sé quién es –dijo Demitri–. Discúlpame.

No obstante, cuando él se acercó, Gideon y la mujer rubia ya se estaban despidiendo.

La mujer se dirigió hacia el mostrador de recepción y Gideon levantó la vista a tiempo de ver a Demitri. La expresión de su rostro se endureció al verlo.

Fue entonces cuando Demitri recordó que estaba evitando a aquel hombre.

–Bien –dijo Gideon al ver que se acercaba–. Iba a

buscarte antes de marcharme. ¿Asistirás al cumpleaños de Adara? –comentó mirándolo fijamente a los ojos.

A Demitri le gustó ver que Gideon estaba dispuesto a hacer feliz a su esposa. Cuando la secretaria de Gideon empezó a seducirlo, Demitri estuvo a punto de tratar de seducirla a ella para mantener intacto el matrimonio de su hermana. Al final, fue Gideon el que salvó su propio matrimonio despidiendo a la secretaria antes de que sucediera nada más que unas declaraciones falsas y mordaces. A pesar de que Adara estuviera preocupada por la posibilidad de que su esposo le fuera infiel, en realidad, la devoción que él sentía por ella continuó siendo sólida como una roca.

Y Demitri suponía que eso era bueno. No deseaba que su hermana tuviera más problemas de los que ya había sufrido, pero le parecía que estaba demasiado feliz. Y muy decidida a que su esposo también se creyera el futuro de felicidad eterna que ella se había preparado para sí misma.

Demitri no quería pensar en toda la situación de sus hermanos y sus hijos, ni en los secretos que le habían ocultado, así que centró de nuevo la atención en la mujer rubia que amenazaba la felicidad de su hermana y decidió asegurarse de que no intentara nada más con Gideon.

Era mejor que lidiar con las exigencias de Gideon.

–Lo tengo apuntado en mi agenda. Intentaré asistir –comentó Demitri sin darle importancia.

Gideon se cruzó de brazos.

–¿Hay algún motivo por el que no vayas a convertirlo en una prioridad?

Teniendo en cuenta que Gideon había formado parte de su familia durante varios años, Demitri no consideraba necesario explicarle por qué aquellas reuniones que Adara continuaba organizando no le resultaban nada atractivas.

–Haré lo que pueda –mintió.

–¿Lo harás? –preguntó Gideon, sin añadir las palabras «por una vez».

Y ese era el motivo número uno por el que no deseaba estar con su familia. «¿Qué vas a hacer con tu vida? Toma al bebé. ¿A que es precioso? ¿Cuándo vas a dejar de ser un mujeriego y sentar la cabeza?»

Demitri le dedicó una tensa sonrisa a su hermano y se marchó. ¿No era suficiente que él se hubiera implicado cuando Adara se quedó embarazada? El único motivo por el que había pasado a formar parte del negocio familiar era por Theo y ella. Quizá, en un principio, había mantenido su propio horario, pero después iba a trabajar a diario y se dejaba la piel. Desde luego, tenía cero interés en formar una familia y, además, sería un padre terrible, así que ya podían dejarlo tranquilo.

Enojado, miró hacia la bella mujer italiana que lo estaba esperando. Aunque habría disfrutado mucho manteniendo una relación sexual con ella, no tenía ningún interés en invitarla a su habitación. Y eso que el sexo era la mejor manera que conocía para relajarse. Sin embargo, la mujer rubia ocupaba mucho más espacio en su mente.

Quizá su intención no fuera crearle problemas a Gideon, pero Demitri seguía sintiendo hostilidad hacia ella. No era tan inmaduro como para no percatarse de por qué se sentía así. Cada vez que se le presentaba una obligación familiar, la rabia y la rebeldía se apoderaban de él, provocándole pensamientos oscuros que debía controlar.

Normalmente, se decantaba por el amor en lugar de la pelea, obligándose a permanecer al margen de la violencia y evitando así seguir la tendencia de su padre. No obstante, un potente sentimiento de rabia se apoderaba de él cada vez que se enfrentaba al hecho de que la única familia verdadera que tenía, su hermano y su hermana, las dos personas en las que confiaba completamente, le habían ocultado la existencia de su hermano mayor.

¿No confiaban en él? ¿Por qué se lo habían ocultado de ese modo? Aquella traición había provocado que él se distanciara de ellos y que se instalara en él un oscuro sentimiento que no quería destapar por miedo a lo que se pudiera encontrar.

Demitri trató de no pensar en ello y miró de pasada hacia la recepción, centrándose en el despacho de Administración, donde vio a la rubia canadiense sentada muy cerca del director del hotel. El chico no estaba mirando la pantalla del ordenador donde ella señalaba. Su mirada iba dirigida directamente al lugar donde la blusa marcaba sus senos redondeados.

—Tengo que hablar con usted —dijo Demitri.

Natalie levantó la vista y sintió de lleno el impacto de Demitri Makricosta, el hermano más joven de la familia que la contrataba. El hombre que tenía una escandalosa reputación. Lo había visto en persona en otras ocasiones, pero siempre desde la distancia. Nunca de esa manera, paralizándola con la mirada penetrante de sus ojos de color marrón oscuro.

Era tremendamente atractivo y resultaba imposible ignorarlo estando tan cerca.

Ella intentó compararlo con Theo, el hermano mayor. Tenían cierto parecido, pero Theo era más refinado.

Demitri era conocido por su picardía, presente en la forma de sus cejas y en su sonrisa. También por lo poco que le costaba salir con mujeres, y por su indiferencia hacia cuestiones como las normas y los trámites. Griego de nacimiento pero criado en Norteamérica, el tono de su piel mostraba su origen mediterráneo. Vestía con pantalones de traje, camisa y chaleco. La ropa acentuaba la forma de su cintura y sus hombros. Parecía un gánster de los años 20.

«Terrible». Su aspecto era terrible. Lleno de pecado.

Al levantar la vista, Natalie se cruzó con su mirada. Él arqueó una ceja, como retándola al ver que lo miraba. Sin duda, era un tipo de hombre muy diferente a los que ella conocía. Astuto y perspicaz.

«Compórtate, Natalie. Eres madre».

Tratando de disimular su desconcierto, se levantó y miró al señor Renault. Al momento, notó que se le sonrojaban las mejillas.

–Regresaré a mi despacho. Puedes llamarme cuando termines. Me alegro de conocerlo, señor Makricosta –dijo ella, mientras se acercaba a la puerta, esperando que él se apartara a un lado.

–Es con usted con la que quiero hablar, señorita... –le tendió la mano.

Asombrada, ella dudó un instante antes de estrecharle la mano.

–Adams –dijo ella–. ¿Conmigo? ¿Está seguro?

–Estoy seguro –contestó él–. La acompañaré a su despacho –le soltó la mano y señaló hacia el pasillo.

Natalie pasó junto a él y se adelantó por el pasillo para guiarlo hasta el despacho que compartía con otros compañeros. No había nadie en él, algo que le había parecido perfecto a la hora de la comida, cuando había hablado con su hija por Internet. Zoey estaba en casa de su abuela. Lo estaba pasando de maravilla y no echaba de menos a su madre, algo que Natalie agradecía, pero que al mismo tiempo hacía que se le partiera el corazón. Ella había llorado un poco después de colgar con su hija. La echaba muchísimo de menos, y se sentía agradecida de poder manifestarlo en la intimidad. Sin embargo, la ausencia de sus compañeros hacía que también se sintiera aislada en aquel despacho.

Cuando él cerró la puerta, ella sintió que le faltaba el aire.

—No estoy segura de...

—Deje a mi cuñado en paz —dijo él sin más.

—Yo... ¿Qué? —la acusación fue tan repentina que ella lo miró asombrada—. ¿A Gideon? Quiero decir, ¿al señor Vozaras? —tartamudeó ella.

—Gideon —confirmó él.

—¿Qué le hace pensar que hay algo entre nosotros? —estaba tan sorprendida que no podía creer que la acusara de tal cosa.

—No creo que lo haya. Lo conozco, y conozco a mi hermana, pero la he visto coqueteando con él en la recepción y pidiéndole su dirección de correo electrónico. Déjelo tranquilo o la despediré.

—¡Él me mostró una foto de su hijo! El correo es para un asunto de trabajo —se defendió ella—. ¡No intento ligar con hombres casados! Eso es una acusación tremenda. Sobre todo cuando su esposa fue tan amable conmigo al ofrecerme esta oportunidad. Ese es el único motivo por el que él ha hablado conmigo. Ella le pidió que me diera un mensaje acerca de un informe que quiere que escriba. Le dije que esperaba que su hijo se hubiera recuperado del catarro y él me enseñó una foto del niño después de que se hubiera metido en la nevera.

El gesto de desdén que vio en el rostro de Demitri provocó que se enfureciera aún más.

—De todos modos, ¿quién diablos es usted para hacer un juicio de valor así? Todo lo que he oído sobre sus principios morales me ha dejado de piedra, y me parece increíble que pueda cuestionar los míos.

—¿Ah, sí? ¿Cree que una persona que acaba de conocer no puede darle un toque de atención? Pensé que los comentarios personales precipitados eran nuestra especialidad.

Ella se sonrojó al oír sus palabras. Se cruzó de brazos y, armándose de valor, preguntó:

–¿Va a despedirme?

–¿Por qué?

–Exacto –soltó ella, incapaz de contener la respuesta. Se sentía tan avergonzada que no se atrevía ni a mirarlo. Le gustaba el trabajo y lo necesitaba. Su intención era ascender de puesto en la organización para conseguir mayor responsabilidad y mejor salario, lo que se traducía en mayor estabilidad y seguridad para Zoey.

Sin embargo, lo estaba arriesgando todo. ¿Qué era lo que había hecho que reaccionara así? ¿El sentimiento de culpabilidad? ¿Por desear al marido de Adara en secreto, un hombre que evidentemente adoraba a su esposa y a su hijo? Cualquier mujer desearía tener lo que Adara tenía, pero Natalie no estaba dispuesta a robar para conseguirlo.

–¿Cuál es su nombre? –preguntó él.

–Natalie. ¿Por qué? –lo miró de reojo, medio esperando a que descolgara el teléfono para llamar a Recursos Humanos.

Era muy atractivo. Y no parecía nada turbado. De hecho, parecía que se estaba riendo de ella, y Natalie tuvo que mirar hacia otro lado para no enfurecerse.

–¿Qué estás haciendo aquí, Natalie? En París, quiero decir. ¿En qué te ha metido Adara? ¿De qué trata ese informe especial? –le preguntó tuteándola.

Una oportunidad para destacar. Algo que ella imaginaba la ayudaría a dar un paso adelante en la escala corporativa.

–Formo parte del proyecto de mejora informática. Estoy formando a los empleados y tratando de identificar los virus. He estado en Toulouse y ahora estaré en París una semana. Después, iré a Lyon,

–¿Eres un genio de la informática? –preguntó con escepticismo.

—Yo no habría adivinado que usted es un genio del marketing —soltó ella.

—Uno muy creativo —le aseguró él—. Pregunta por ahí si quieres. Aunque parece que ya lo has hecho. ¿Vas a dar formación en todos los hoteles de Europa?

—Yo... Umm —el comentario acerca de que era muy creativo la había despistado—. No, solo hablo inglés y francés y... Bueno, no puedo estar fuera más de tres semanas.

«Zoey no se morirá de hambre si me echan», recordó para tranquilizarse. Ni siquiera perdería la casa. Además siempre tenía la posibilidad de mudarse con su ex-suegra, algo que a Zoey le parecería bien porque le encantaba la granja. De hecho, estaba muy ilusionada con la idea de pasar tres semanas con su abuela.

—Siempre había querido viajar, así que... —se aclaró la garganta—. Quieren implementar el proyecto antes de fin de año. Hay un gran equipo. Una única persona no podría hacerlo todo.

—Así que has venido a trabajar y a hacer turismo., No a tener una aventura amorosa. ¿Es eso lo que intentas decirme?

—Sí —se sonrojó—. Por supuesto que estoy aquí para trabajar —era posible que hubiera pensado en la posibilidad de tener una aventura amorosa durante el viaje, aprovechando que no estaba bajo la mirada de su hija, pero era más una fantasía de medianoche que algo que realmente quisiera conseguir. Durante ese viaje podría tener la oportunidad de olvidarse de la responsabilidad que conllevaba tener una hija y actuar como una mujer soltera, en lugar de como una madre cargada de facturas y un ex un poco raro, pero habría elegido tener una aventura con alguien a quien no hubiera conocido de otra manera.

Demitri no necesitaba saber nada de todo aquello.

Seguía teniendo las mejillas coloradas y no le resultaba sencillo mirarlo a los ojos tratando de aparentar que ni se había planteado tener una aventura, y menos cuando él la miraba con brillo en la mirada y los ojos entornados.

—Aunque estuviera buscando una aventura, que no la estoy buscando, no creo que lo intentara con el dueño de la empresa, ¿no cree?

—No lo sé. ¿Lo harías? Cenemos juntos esta noche y hablemos de ello.

Natalie sintió que se le formaba un nudo en el estómago y que se le detenía el corazón.

De algún modo, consiguió recuperar la compostura y preguntó:

—¿Es una prueba? Sé que Theo... Y sí, que sepas que todos nos referimos a los miembros de vuestra familia por sus nombres, cuando no estáis cerca para oírnos —gesticuló con la mano para abarcar toda la planta baja—. Puede que Theo se haya casado con una mujer que antes trabajaba como camarera, pero todos sabemos que eso es una excepción. Yo no tengo esa ambición. Estás a salvo por lo que a mí se refiere, igual que el resto de hombres en tu familia.

Se cruzó de brazos para zanjar el tema.

Él hizo lo mismo y se encogió de hombros.

—Eres muy graciosa —dijo él.

—¡Hablo completamente en serio!

—Lo sé. Eso es lo que me parece divertido. Que consideres una ambición casarse con uno de nosotros es una locura —no se rio. Solo esbozó una irónica sonrisa y ella no pudo evitar fijarse en la forma de sus labios.

Su labio inferior era más grueso que el superior y sus comisuras estaban marcadas de modo que parecía que siempre se estaba riendo de las vidas de los mortales que tenía a su alrededor.

—Cena conmigo, Natalie —repitió él con una amplia sonrisa.

Ella estaba babeando. Y él lo notaba. Por supuesto. Era un artista del coqueteo.

–Tener una cita con compañeros de trabajo no está bien visto –comentó ella, contenta por haber encontrado una excusa y haberla expresado con tranquilidad–. Siento que pensaras que estaba tratando de cazar a tu cuñado, pero conozco muy bien las normas de la empresa y no tengo intención de violarlas, ni aunque él estuviera disponible. Ahora, si hemos terminado, tengo que continuar trabajando.

–¿Sientes que me haya equivocado? Esto es el comienzo de una bonita amistad. Vamos. Ven a cenar. Será mi manera de disculparme contigo –colocó la palma de la mano sobre su torso musculoso.

Ella se fijó en su cuerpo. Parecía que hacía ejercicio. A menudo.

–¿Qué hay de malo en que el jefe saque a cenar a una empleada de otro lugar? Es una manera de establecer contactos –trató de engatusarla.

–¿Eso es lo que sería? –no pudo evitar soltar una risita.

La expresión de Demitri cambió al ver que ella se reía, se volvió menos arrogante y comenzó a mirarla con más interés.

–Mira, es un halago para mí –se apresuró a decir ella, mirando hacia otro lado para que él no viera cómo la afectaba. No estaba preparada para alguien como él–. Sin embargo, he visto a las mujeres con las que sueles salir y yo no pertenezco a ese círculo. Y ese es otro motivo por el que nunca me propondría perseguir a tu cuñado. Gracias por esta conversación tan interesante, pero tengo que continuar trabajando. No quiero que me despidan –añadió.

–¿No perteneces a su círculo? –repitió él, frunciendo el ceño mientras la miraba de arriba abajo.

Ella sintió que todo su cuerpo reaccionaba bajo su mirada.

Antes de salir de Montreal había hecho mucho ejerci-

cio y dieta para asegurarse de que si algún francés sexy
se fijaba en ella no tendría de qué sentirse insegura. No
obstante, se había sentido un poco insegura cuando él la
miró, y preocupada por si no cumplía con sus estándares.

Demitri la miró a los ojos y permitió que viera el deseo que lo inundaba.

Una ola de entusiasmo la invadió por dentro. No sentía seguridad total, pero tampoco incertidumbre.

–Tú perteneces a tu propia élite, Natalie. ¿O estás
poniendo excusas para no herir mis sentimientos? Me
sorprendería si es así. No pareces el tipo de persona que
se tomaría esa molestia. Y menos teniendo en cuenta el
nivel de sinceridad al que hemos llegado.

–Tiene razón –dijo ella, conteniendo una risita–,
pero léase mi ficha personal, señor Makricosta.

–Demitri –dijo él.

–Yo no vivo tan deprisa como tú, Demitri –trató de
parecer tímida y divertida a la vez, pero Demitri era un
nombre muy erótico para un hombre con acento nortea-
mericano–. Si pensara que estás ofreciéndome una invitación sincera, y solo para cenar, me tentaría. Mis compañeros de trabajo aquí vuelven a cenar con su familia,
así que, para mí sería agradable no cenar sola. Sin embargo, sospecho que te estás burlando de mí. ¿O quizá
castigándome por ser sincera?

–¿Y por qué no iba a querer salir contigo? Eres guapa,
divertida, y tienes una risa muy bonita.

La sinceridad que había en su tono de voz hizo que
se le acelerara el corazón, tanto, que tuvo que apoyarse
en el escritorio para no tambalearse. Eligió el humor
para disimular cómo la había desarmado con tan solo
un cumplido.

–¿Y te gustaría oír esa risa en la cama? –lo retó.

–¡Ja! –su carcajada era sincera–. Pediré un coche a
las siete. En la acera –añadió, mirándola fijamente.

Capítulo 2

NO TE molestes.

Era todo lo que habría tenido que decir antes de que Demitri guiñara un ojo y se marchara, dejándola sola en su oficina. Ella podría haber ido a buscarlo, pero aunque había estado pendiente de él todo el día, y llena de dudas, no lo había visto. El correo electrónico en red que tenía la empresa era la mejor opción. Ni siquiera tendría que darle una explicación. Lo único que tenía que hacer era escribir: *no puedo ir.*

Y no lo hizo.

¿Por qué no?

Se le habían ocurrido miles de cosas como «solo es una cena». Se sentía sola y echaba de menos su casa. Viajar por motivos de trabajo no era algo tan interesante como esperaba, sobre todo sin tener a alguien con quien poder compartirlo, y llamar a Zoey dos veces al día no era suficiente. Natalie estaba acostumbrada a que su hija desapareciera durante el fin de semana con su padre, pero pasar diez días sin poder abrazarla era una especie de tortura.

Así que, decidió que tenía derecho a salir una noche a cargo de la empresa que las había separado. Ya había invertido montones de horas extra en ese proyecto y, de todos modos, era probable que Demitri y ella solo hablaran de trabajo. Por supuesto no esperaba que fuera una cita de verdad.

De todas maneras, se depiló las piernas y se puso un conjunto sexy de ropa interior negra que se había comprado en París. También una combinación negra y un vestido de encaje del mismo color. Se calzó los zapatos de tacón negros que había comprado en una tienda de Montreal, y que finalmente había decidido llevar a pesar de que el tacón era tan alto que solo podría ponérselos para salir por la noche. Con unos pendientes de brillantes falsos, el cabello limpio y un poco más maquillada que de costumbre, estaba preparada para una cita.

Después, permaneció diez minutos esperando como una idiota en la acera. «Guau. Todo un príncipe», pensó. Y eso que después de su breve matrimonio había desarrollado un radar contra idiotas. Esa clase de hombres insensibles eran los que habían provocado que se volviera una mujer exigente cuando recibía invitaciones para salir.

Se volvió para regresar al hotel, y atravesó las puertas giratorias justo en el momento en que Demitri las atravesaba desde el interior. Natalie lo ignoró y continuó caminando hasta el recibidor.

–¡Eh! –él entró de nuevo para llamarla–. Natalie. Espera.

–Me has dejado plantada –contestó ella por encima del hombro. Después se volvió y lo miró–. He aprendido la lección. Si esa era tu intención. Buenas noches –se dirigió al ascensor.

–Yo he esperado delante de tu puerta pensando lo mismo.

Ella se volvió de nuevo y vio que él parecía molesto. No quería creerlo. Era consciente de que dar a un hombre el beneficio de la duda podía ser la invitación para que la dejaran tirada.

–Dijiste que nos encontraríamos en la acera –le recordó con frialdad.

–No, dije que el coche estaría allí –se acercó a ella y frunció el ceño–. ¿Con qué clase de hombres has salido que te recogían en la acera?

Natalie se detuvo un instante. A pesar de sus ideales,

seguía pensando lo peor de los hombres. A lo mejor debía confiar más en Demitri.

Él le ofreció el brazo y, al cabo de unos segundos, ella se pasó el bolso a la otra mano y se agarró a Demitri. Estaba nerviosa porque no sabía qué pensar. ¿Sería uno de los pocos hombres buenos que existían?

¿Con la fama que tenía?

Él se fijó en el vestido que llevaba bajo el abrigo y dijo:

–Te perdono el hecho de que me hayas infravalorado porque estás muy guapa –comentó él.

No era un gran cumplido, y podía tener doble intención, como si él sugiriese que ella estaba buscando que la perdonara, sin embargo, ella se enterneció al oír sus palabras y no pudo evitar fijarse en lo atractivo que estaba con aquellos pantalones negros, la camisa del mismo color y la chaqueta de ante de color gris. Deseó acariciarle el brazo para sentir su suavidad. Desprendía un maravilloso aroma masculino y estaba recién afeitado.

De camino hasta el coche, varias personas se volvieron a mirarlos, pero ella dudaba de que lo hicieran porque fueran una pareja llamativa. Durante los días siguientes, Natalie tendría que comentar ante sus compañeros de trabajo que su cita con él había sido algo insignificante. Y que él solo trataba de ser amable con ella. Aunque en realidad dudaba de que un hombre como Demitri se saliera de sus costumbres para ser amable. Y sospechaba que él actuaba por su propio interés, y que la mayor parte de ese interés se encontraba por debajo del cinturón.

No obstante, en esos momentos, trató de no pensar en ello y concentrarse en no sonreír como una idiota porque tenía una cita con un hombre muy atractivo. Eso era exactamente lo que había esperado de aquel viaje de trabajo, y le sorprendía que estuviera pasando. Natalie estaba radiante ya que su descuidada feminidad estaba desesperada por recibir atención masculina y la había conseguido.

Durante el trayecto en limusina apenas hablaron. El restaurante estaba a poca distancia y, nada más llegar al local, los guiaron hasta una mesa desde la que se disfrutaba de una maravillosa vista de Notre Dame y el Sena. Natalie avanzó por el comedor intentando no mostrar su asombro. El restaurante estaba lleno de estrellas de cine, y seguramente de políticos y atletas conocidos, aunque ella no los reconociera. Parecía que Demitri saludaba a muchos de ellos con la cabeza, pero no se detuvo a hablar con ninguno.

—¿Quieres que pida por ti? —le preguntó cuando se quedaron a solas.

—¿Con qué clase de hombres he salido antes que se atrevían a permitir que fuera yo quien leyera el menú? Còmo si una mujer pudiera hacer tal cosa —se mofó ella.

—Por eso lo pregunto. Algunas feministas lo consideráis un gesto de condescendencia.

—¿Y tú lo consideras un gesto de caballerosidad?

—Yo soy bastante anticuado —comentó él con cierto orgullo en su voz—, pero también me gusta saber que mi acompañante va a pedir algo que me guste a mí, puesto que sé que no se terminará el plato —añadió, esbozando una sonrisa.

—¡Ja! Está claro que no me conoces.

—Estoy en ello —le aseguró él, sosteniéndole la mirada.

—¿Has leído mi informe personal? —lo retó ella. ¿Sabría lo de Zoey? Se le detuvo el corazón un instante.

—Eso es demasiado sencillo —dijo él, y se inclinó hacia delante—. Prefiero un acercamiento más personal.

Así que no sabía que ella tenía una hija. Natalie fantaseó con la idea de contárselo, pero no quería romper la chispa que se estaba creando entre ellos. Resultaba emocionante seguir con aquel juego.

—Estoy segura de ello —probablemente seducía a las mujeres con besos delicados. Notó que se le aceleraba el corazón y le ardía la piel. Era un experto. Aquello no tenía nada que ver con la química.

–Si crees que soy un mujeriego, ¿Por qué estás aquí? –le preguntó con los ojos entornados.

–¿Sinceramente? –trató de no parecer muy desesperada en lo que a las relaciones con hombres se refería–. Vivo como una ermitaña, y paso mucho tiempo trabajando desde casa. No tengo muchas oportunidades de salir a cenar y, sinceramente, has dado en el clavo acerca de los hombres con los que he salido otras veces. Pensé que estaría bien ver cómo es eso de que te traten como mujer por una vez.

Él arqueó las cejas.

–Permitir que me sujetes la puerta –le explicó–. Que pagues la cena. Aunque sé que en realidad pagará la empresa. No obstante, sabes que esto es solo una cena, ¿no? Trabajo para ti.

–Trabajas para mi hermano –contestó él, nada afectado por su franqueza–. El departamento de Tecnología de la Información, depende del de Finanzas. Yo me encargo del de Marketing. Mis amenazas de antes no eran válidas. No tengo autoridad para despedirte. Del mismo modo que tampoco tengo manera de ayudarte a conseguir un ascenso. Si esto se convierte en algo más que una cena, no tendrás ninguna ventaja profesional.

La advertencia hizo que Natalie se sintiera una pizca aliviada y un poco avergonzada a la vez.

–Mira todos los aperitivos que tenemos en la mesa y ni siquiera hemos pedido –dijo ella, arqueando las cejas.

Demitri soltó una carcajada y miró a otro lado, sorprendido por cómo aquella mujer conseguía mantener su interés. Por suerte, el camarero se acercó para ofrecerles las especialidades de la noche.

–Por favor –dijo Natalie cuando Demitri la miró–. Pide por mí. Tengo curiosidad.

Él asintió con satisfacción a pesar de que se sentía incapaz de asimilar lo que estaba pasando. Consiguió pedir los entrantes y una botella de vino antes de volver a dirigirse a ella, tratando de no sucumbir ante sus encantos.

¿Cuándo lo había cautivado? ¿Cuando se rio por primera vez? ¿O cuando lo miró como si fuera una corderita virgen cuando él le dijo que tenía que hablar con ella? Sin duda, desde el momento en que ella lo puso en su sitio con sus comentarios, él había sentido curiosidad.

Todo el mundo lo quería. Al instante, y de verdad. Aunque su familia se comportara como si estuviera enfadada mientras hacían todos los esfuerzos para conseguir que volviera al redil. E incluso las mujeres con las que se acostaba una noche, seguían mostrándose cariñosas con él cuando más tarde se cruzaban en su camino.

Sin embargo, con Natalie no sería lo mismo. Demitri no pensaba que estuviera haciendo teatro. Se había puesto furiosa al oír las acusaciones que él le había hecho y se había mostrado desconfiada e inquieta cuando él la invitó a cenar. Él se había quedado de piedra al ver que ella no le abría la puerta cuando fue a recogerla. Nunca lo rechazaban, independientemente de lo que hiciera. Y él se lo buscaba en más de una ocasión.

Al encontrarla en la puerta del hotel había sentido demasiado alivio para su gusto. Después, ella le había demostrado que estaba dispuesta a dejarlo plantado por desconsiderado. Y la advertencia seguía presente.

«Solo es una cena», recordó las palabras que había dicho ella.

«Toma nota», pensó después. Solía evitar a las mujeres de principios claros porque era incapaz de soportar que alguien tuviera expectativas acerca de él.

No obstante, la sinceridad que mostraba y su carácter bromista resultaban atractivos. Y estaba muy bella, con su piel de color miel clara y sus ojos reflejando las luces del otro lado de la ventana.

—Háblame de ti, Natalie —pidió él.

Ella puso un gesto de indecisión antes de mirarlo a los ojos.

—No tengo mucho que contar. Crecí a las afueras de Montreal con mi madre y mi hermano. Me divorcié muy poco después de casarme y trabajé dos años para Makricosta antes de que me hicieran un contrato fijo en la sucursal de Canadá. A veces tengo que viajar por el país, pero sobre todo trabajo por teléfono y con el ordenador desde mi casa.

—¿Con aquello de *apáguelo y vuélvalo a encender*?

—Exacto. Y tratando de solucionar problemas cuando algún archivo da error o un cambio en el puesto de trabajo exige la actualización de una firma y no saben cómo hacerlo. Te diré que cuando se trabaja como asistente técnico siempre hay algo emocionante que hacer. Durante los primeros días en Francia notaba que sentía algo raro en el oído y me di cuenta de que era porque no llevaba puesto el Bluetooth.

Demitri sospechaba que podía contarle más cosas, pero antes de que tuviera tiempo de preguntarle, ella dijo:

—¿Y tú?

—¿Por qué no me cuentas lo que sabes acerca de mí? —no parecía molesto. Sabía que los empleados cotilleaban acerca de él puesto que no hacía ningún esfuerzo para ser discreto. Su intención era que todo el mundo hablara de lo que hacía para conseguir la máxima exasperación.

Sabía que era algo un poco infantil, pero tenía sus motivos para querer ser el centro de atención.

—No sé gran cosa —dijo Natalie—. Tu familia es muy discreta. El hecho de que tu hermano tuviera un bebé con la camarera fue tema de conversación durante mucho tiempo, pero puesto que no trabajo en los hoteles, no tengo mucha amistad con nadie del trabajo y solo me llegan pedacitos de los cotilleos. Hay algunas personas con las que hablo todo el rato, y mientras estoy solucionando un problema soy muy popular, pero normalmente se me considera una malvada necesaria. ¿Ahora vas a hacer todos esos cambios en el sistema central? Al menos estoy curtida porque no soy especialmente amiga de nadie. Y ya estoy hablando de mí otra vez. ¡Qué aburrimiento!

–Me interesa –le aseguró él, sorprendido porque era verdad–. ¿Cuántos años tenías cuando te casaste?

–No los suficientes –pestañeó–. Diecinueve. ¿Tú has estado casado alguna vez?

–No.

–Ojalá yo hubiera tenido tu juicio –la amargura que expresaba su mirada indicaba que estaba siendo sincera.

«Una mujer que quiere ser como yo», pensó con ironía.

–¿Qué sucedió para que tu matrimonio acabara tan pronto? ¿Una infidelidad? –a esa edad él había roto el inminente matrimonio de su hermano, fría y deliberadamente.

Natalie no contestó. Frunció los labios y miró por la ventana.

–El resumen es que él no vino al funeral de mi madre –dijo al fin.

Cuando volvió a mirarlo, era como si le estuviera diciendo: «Se acabó. Lo hice». Como si contárselo sin mostrar sus emociones le hubiera resultado muy difícil.

Demitri experimentó un dolor en el pecho.

A él le gustaba estudiar el comportamiento humano. La gente lo consideraba una persona superficial y poco empática. No le importaba que tuvieran esa idea equivocada. En realidad no le interesaban los pensamientos profundos, pero era muy bueno leyendo los sentimientos de la gente. Se había criado en una familia donde cualquier emoción estaba profundamente escondida y eso lo había ayudado a desarrollar ese talento. Por eso era tan bueno en su trabajo. Y con las mujeres.

Sin embargo, Natalie no buscaba su empatía y era evidente que quería que se mantuviera alejado de ella.

–Yo no podía enfrentarme solo al funeral de mi madre, así que me llevé a una cita. ¿Qué te parece? –confesó él.

–¿Adara y Theo no estaban allí?

–Sí, sí estaban –y Nic, el hermano mayor que Demitri no sabía que tenía. Trató de no pensar en lo incómodo que había sido tener a un extraño entre ellos en aquel momento–. No estamos tan unidos como para que algo así resultara más fácil –apenas había hablado con ellos, estaba demasiado impresionado y con montones de preguntas que se negaba a plantear.

–Pero dijiste que te habías criado con tu madre y con tu hermano, así que él debía de estar contigo en el funeral.

Ella se encogió de hombros y se retiró hacia atrás. Él se fijó en que estaba pálida a pesar de que la luz de la vela irradiaba un brillo dorado sobre su piel.

–Falleció el año anterior a mi madre. ¿Podemos dejar de hablar de esto, por favor?

–Lo siento –¿cuándo se había sentido tan asustado por profundizar en los sentimientos de alguien? ¿O cuándo había pedido disculpas a una mujer de forma tan sincera? Sin pensárselo, estiró la mano y la colocó sobre la de ella–. En serio. Theo me vuelve loco, pero no sé qué haría sin él.

Ella se rio, y lo miró de nuevo con los ojos brillantes y húmedos.

–Gracias. Han pasado seis años, pero lo echo de menos y sigo pensando en él cada día.

El camarero apareció y los distrajo de la conversación. Cuando se quedaron de nuevo a solas, Natalie tenía una sonrisa valiente en el rostro.

–Cuéntame por qué te vuelve loco tu hermano.

Él negó con la cabeza.

–Me pondré a llorar –comentó él.

–Entonces, háblame sobre tu trabajo. ¿Lo harás?

–No puede parecerte interesante –podía haberle hecho preguntas como: «¿Estuviste en el festival de Cannes? ¿Dónde veraneas?»

Natalie se encogió de hombros.

–Desde luego no estoy interesada en mí misma. Esto es lo más emocionante que he hecho en mi vida. En serio. Al menos, tú viajas y conoces gente famosa.

–La gente que se cree famosa es muy aburrida. Esa es la verdad. Venga, estoy seguro de que al menos debes de tener un secreto oscuro que te haga más interesante.

–Uno –soltó ella, conteniendo una sonrisa–, pero no es muy oscuro. Más bien rubio oscuro y no voy a contártelo –lo había decidido. Aquella era su única oportunidad de actuar como una joven despreocupada en lugar de una mamá. Y aquello solo era una cena.

–Quiero oírlo –insistió él.

Ella negó con la cabeza.

–Pensarás de manera diferente acerca de mí. ¿Y tú? ¿No tienes ningún secreto oscuro?

Demitri había bajado tanto la guardia que estuvo a punto de contarle lo de Nic. El hecho de que sus hermanos le hubieran ocultado la existencia de aquel hombre había provocado que cambiara por completo su punto de vista acerca de su vida y del lugar que ocupaba en la familia. Sentirse excluido había hecho que cuestionara sus raíces y comenzara a distanciarse de sus hermanos, pensando seriamente en formar su propia empresa de marketing.

Gideon lo había llamado varias semanas después para contarle que Adara estaba embarazada y para informarlo de que se esperaba que trabajara horas extra en el negocio familiar. Una vez más habían necesitado a Demitri. Fiel al negocio y a su hermana. Durante un tiempo las cosas habían regresado a la normalidad, pero entonces Adara intentó reunirlos a todos. Theo y ella siempre bromeaban acerca de la paternidad, y una vez más Demitri solo era un espectador.

Ni siquiera en el trabajo contaban con él. Al contrario, y eso estaba influyendo en el concepto de sí mismo. Dejó de pensar en todo aquello y le contó a Natalie algunas anécdotas con las que siempre hacía reír. Conocía montones de famosos y se había vuelto experto en salir con ellos a divertirse. Desde luego, sus hermanos nunca se habían relajado demasiado como para asegurarse que sus invitados más exclusivos se divirtieran.

Ese era el trabajo de Demitri. Crear distracción. Llamar y mantener la atención.

Natalie estaba embelesada con las historias que él le contaba. No era algo extraño para él. Todo el mundo, pero sobre todo las mujeres, reaccionaban ante él. Demitri se había percatado de ello muy pronto y se aprovechaba de ello. Aquella noche la diferencia estaba en que, aunque disfrutaba de que ella le prestara toda su atención, lo que él deseaba era saber más acerca de ella.

Prolongaron la cena terminándose la botella de vino y tomándose un café, evitando los temas personales y hablando de películas, escándalos conocidos y lugares que él conocía y a que ella le gustaría visitar.

–Estás soltera. Lánzate y súbete a un avión –le ordenó él–. ¿Qué te lo impide?

–Ya me he subido en un avión –contestó ella–. Estoy aquí, cenando junto al Sena. Gracias por esta magnífica velada –añadió, y lo miró un instante–. Esto es lo que esperaba cuando solicité que me dieran el proyecto para este viaje.

Ella estaba buscando a un hombre que la sedujera. Él se percató y, al instante, una ola de deseo lo invadió por dentro. «La seducción requiere paciencia», se recordó.

–¿Te gusta bailar? Podemos ir a un club.

–Yo... Mañana hay que trabajar –pero su forma de mirarlo indicaba que estaba tentada.

–Empiezo a darme cuenta de por qué no tienes vida –pidió la cuenta.

–Lo apunto... El jefe piensa que la ética laboral está sobrevalorada.

–No soy tu jefe –le recordó él–. Vamos. Sé que quieres conocer un club de baile de París.

–Sí, pero... –arrugó la nariz–. No voy vestida para ello.

–Créeme, la gente verdaderamente genuina no se viste para ir a los clubs. Se dejan llevar y aparecen cuando les apetece.

–Y luego en la puerta les dicen que no pueden pasar porque no están en la lista.

–Eres adorable. Yo siempre estoy en la lista.

Era evidente que había tomado una copa de más si no se preocupaba por el trabajo ni la decencia, pero Demitri era un hombre al que resultaba difícil decirle que no. Él la tomó de la mano y la guio al exterior del restaurante. Entraron en la limusina y no dejó de mirarla durante el trayecto hasta el club.

–No es una buena idea –insistió ella, tratando de mantener un poco de sentido común mientras lo miraba fijamente.

–¿Porque se está convirtiendo en algo más que una cena? –preguntó él con una amplia sonrisa.

–Eres el tipo de hombre que siempre consigue lo que se propone ¿verdad?

–Sí –contestó sin reservas.

«Ten cuidado, Natalie. Mucho cuidado», pensó ella.

–Bueno, yo solo me estoy dejando llevar por la curiosidad –se excusó–. No digas que te he dado falsas esperanzas. Ni siquiera nos dejarán entrar –añadió mientras se paraban frente a la entrada donde cientos de personas esperaban bajo la lluvia elegantemente vestidas.

Él esperó hasta que el chófer abrió la puerta, sosteniéndoles un paraguas para acompañarlos a la entrada.

–Jean –Demitri saludó al portero, le dio un billete y ni siquiera se detuvo.

El local estaba oscuro y las luces de neón se movían al ritmo de la música. Mientras se abrían paso entre las mesas y la gente, una mujer despampanante se acercó a ellos con una bandeja. Llevaba una especie de bikini que dejaba su piel oscura al descubierto. Besó a Demitri en las mejillas y, después de una breve conversación, señaló hacia la parte trasera del club. Demitri agarró a Natalie del brazo y la guio hasta allí.

Él le dijo algo al oído, pero ella pensó que lo había entendido mal. Miró hacia el escenario y vio a un pinchadiscos famoso. Quizá era verdad.

En el sector VIP había un grupo de personas entre las que ella reconoció a varios famosos de la televisión. Saludaron a Demitri e insistieron en que se sentaran con ellos. Pidieron más champán y, al cabo de unos instantes, ella estaba sentada junto a una estrella del cine.

«Oh, cielos». ¿Cómo era posible que de pronto estuviera de fiesta en París, rodeada de famosos? No le extrañaba que las mujeres se enamoraran de Demitri si siempre las sacaba de sus vidas aburridas y les presentaba un mundo de fantasía donde el dinero no se mencionaba y los hombres ricos y atractivos te halagaban constantemente.

Aunque Natalie no sintió la misma excitación cuando

un actor muy atractivo se inclinó para hablar con ella y empezó a preguntarle cosas de su vida, como si estuviera interesado en ella de verdad, sí que le resultó nutritivo para su autoestima. Cuando él la invitó a bailar, ella aceptó. ¡Qué buena historia para contarle a sus nietos! «Una vez bailé con un actor de cine en París».

Era un hombre un poco sobón. Natalie suponía que había bebido demasiado. No llegaba a ser ofensivo, pero iba demasiado deprisa. Él comenzó a bailar muy pegado a su cuerpo y ella se lo permitió. Suponía que así era como vivían los vividores, siempre al límite. Y sinceramente, si lo que quería era coquetear con un desconocido rico, aquel hombre sería un candidato menos problemático que Demitri.

Él le acarició la cadera y le levantó la falda por el muslo. Ella se lo permitió, confiando en que apareciera la chispa de la atracción física que había experimentado con Demitri.

De pronto, un brazo se interpuso entre ambos, separando a Natalie del actor y empujando al hombre hacia atrás.

Demitri se colocó en medio con postura amenazante.

–Creía que habías terminado con ella –se excusó el actor levantando las manos.

«Puaj», Natalie se volvió, sintiéndose sucia y despreciable.

Demitri la agarró del brazo con fuerza y le dijo al oído:

–Nos vamos.

Natalie estaba tan ofendida y disgustada que no dijo nada. Quizá se merecía ese comentario puesto que no había hecho nada para rechazar al actor. Aun así, no era excusa para hablar sobre ella como si fuera algo que pudiera tomarse y pasarse después. No era un objeto.

¿Y qué decía sobre Demitri el hecho de que sus chicas pasaran de un hombre a otro?

Y si ese era un comportamiento habitual en él, ¿por qué actuaba de manera tan posesiva? ¿Porque todavía no la había poseído? ¿Qué habría pasado si ella hubiese preferido al otro hombre? Él no tenía por qué acercarse a ella como si la poseyera, ni acompañarla hasta el coche como si acabara de sacarla de la cárcel, tratándola con excesiva frialdad porque había bailado con su amigo.

–Sabes... –comenzó a decir ella cuando arrancó el coche.

–Ahora no –dijo él.

«¿Habla en serio?», pensó ella, observando su postura. Estaba mirando al frente y tenía los puños cerrados sobre los muslos. Solo se oía el sonido de su respiración, como si estuviera tratando de contener la furia.

Continuaron en silencio hasta llegar al hotel. Nada más entrar en la recepción, ella dijo:

–Ni te molestes en acompañarme a mi habitación. Gracias por la cena.

–Como quieras –dijo él entre dientes, y se dirigió al ascensor.

Ella lo observó marchar, consciente de que era mejor que él se marchara a su habitación y que nadie viera que ella lo seguía.

De todas maneras, ella también tenía que tomar el ascensor para ir a su habitación, así que, se acercó a su lado.

–Soy libre –susurró ella–. Lo digo en caso de que no te quedara claro que la cena de esta noche no garantizaba nada. Así que ¿qué tal si dejas de actuar como si te hubiera herido el orgullo al bailar con tu mejor amigo?

Demitri volvió la cabeza despacio y la miró. Ella tragó saliva y pegó los brazos al cuerpo como si se sintiera amenazada. A pesar de que él intentaba mantener el control, no conseguía deshacerse de la furia que lo había invadido al ver que Natalie estaba en la pista bailando con otro hombre y que había provocado que en su cabeza apareciera una frase nada habitual: «es mía».

Él se había percatado de que se estaba comportando como un amante celoso, incapaz de contener el sentimiento de posesividad que lo invadía y el deseo de actuar de manera violenta.

Sobre todo cuando escuchó el desagradable comentario que hizo el actor.

–¿Eso es lo que crees? ¿Que estoy enfadado contigo? Teníamos que salir de allí, Natalie porque, si no, iba a matarlo.

Se abrieron las puertas del ascensor, pero ninguno se movió. Ella lo miró a los ojos y él permitió que viera la rabia que albergaba en su interior.

Cuando las puertas empezaron a cerrarse, él metió la mano para impedirlo y gesticuló para que ella entrara en la cabina. Después, estiró el brazo y presionó el botón.

–Buenas noches.

–Espera –insistió ella, sujetando las puertas desde dentro–. Es probable que yo le hiciera pensar que...

–No, tú no –dijo él–. Fui yo –contestó. Estaba tan avergonzado que no sabía cómo actuar.

–¿Qué?

Él miró a otro lado, arrepintiéndose de haber dicho tal cosa, pero no podía permitir que ella pensara que la culpaba por haber llamado la atención del actor cuando había sido él quien la había sentado a su lado.

Respiró hondo para mantener la compostura, se metió en el ascensor y presionó el botón para subir al ático.

–Normalmente no me importa si las mujeres que me acompañan a ese tipo de sitios se marchan con otro hombre. Él lo sabe. De hecho, la mayor parte de las mujeres con las que salgo lo que quieren es que las introduzca en ese círculo. A mí no me importa –insistió él, porque hasta aquella noche no le había importado.

–¿Y esta noche sí? –ella lo miraba con preocupación, como si supiera que tenía delante al demonio.

–Esta noche me he dado cuenta de que es de muy mal gusto.

El ascensor se detuvo en la planta de la habitación de Natalie, pero cuando se abrieron las puertas, ninguno se movió. El ambiente estaba cargado de tensión.

–Él ha hecho que me avergonzara de mí mismo –admitió Demitri–. Dijiste que no eres del mismo tipo que las mujeres con las que suelo salir, y es cierto.

Ella lo miró sorprendida.

–Eres mucho más de lo que ellas puedan aspirar a ser –comentó–. No eres tan cosmopolita, es cierto, pero tienes la clase de principios que las personas a las que yo llamo amigos ni siquiera podrían comprender.

–Eso no es cierto –respondió ella. Miró hacia el vestíbulo y gesticuló para que él permitiera que se cerraran las puertas, como si necesitara privacidad.

Cuando él retiró la mano, el ascensor continuó subiendo.

–No soy una mujer cosmopolita, eso es evidente, pero tampoco tengo grandes principios. Vine da Francia fantaseando con tener una aventura amorosa, tal y como tú me acusaste. Por supuesto, no esperaba que llegara a suceder –tartamudeó–. No obstante, mientras bailaba empecé a pensar que podría ocurrir. Estoy segura de que di una impresión equivocada.

–Si quieres tener una aventura, Natalie, yo soy tu hombre.

–Yo... Solo era una fantasía –insistió ella.

El ascensor se detuvo de nuevo.

Él colocó la pierna delante del sensor y, con el cuerpo dentro de la cabina, apoyó las manos a cada lado del cuerpo de Natalie, contra la pared. La miró unos instantes, permitiendo que ella se acostumbrara a la situación. Por algún motivo primitivo, había olvidado por qué su intención había sido dejarla regresar sola a su habitación.

–La primera vez que te vi pensé que debías tener la piel muy suave –se inclinó para oler el aroma que desprendía su mejilla, dejando el tiempo necesario para que el calor de sus cuerpos se mezclara en el pequeño espacio que había entre ambos. La seducción consistía en darle tiempo a una mujer para que sintiera el deseo, y después proporcionarle alivio.

–No estoy segura –susurró ella, con la mirada posada sobre los labios de él–. No pretendía que pensaras...

«Paciencia», se advirtió él, medio temblando a causa del deseo que lo invadía por dentro y que amenazaba con hacerle perder el autocontrol.

–Yo quiero que esto suceda... –susurró ella.

Él se comportó como un hombre que siempre conseguía lo que se proponía, no a la fuerza, sino por persuasión.

Su boca era un tierno bocado y ella separó los labios para invitarlo a que la besara, permitiendo que la guiara al mundo de sensualidad que él deseaba explorar con ella. Era deliciosa, tímida pero generosa, y tenía los ojos cerrados para dejarse llevar por el placer. Cuando un gemido se escapó de su boca y levantó las manos para acariciar el torso de Demitri, él se retiró para decir:

–Ven conmigo.

Capítulo 3

NO», PENSÓ ella, pero se preguntó también: «¿Qué es lo que te retiene?» Se había imaginado que podía suceder algo así. Incluso había comprado preservativos, soñando con la posibilidad de que un desconocido la llevara a la cama. Demitri era el ejemplo perfecto del hombre sofisticado al que esperaba conocer. Además, sabía muy bien cómo funcionaban esas situaciones.

En realidad, no esperaba que fuera a tener una aventura. Era una mujer normal, y no una irresistible e interesante capaz de cautivar a un hombre.

Demitri la miraba como si fuera todo eso y más. La hacía sentir bella y atractiva, como si fuera el tipo de mujer que merecía que un hombre la amara y la cuidara. Esa fantasía era tan seductora como la excitación que él había provocado en ella.

Cuando él la agarró de las manos y estiró de ella para salir del ascensor, ella se lo permitió.

Con las piernas temblorosas y el corazón acelerado, lo acompañó por el pasillo, medio convencida de que todo era un sueño porque cosas como aquella no sucedían en realidad. A ella no.

Atravesaron una puerta que llevaba a las suites privadas. Ella solo había estado una vez en una suite de la familia Makricosta, para resolver un problema con el wifi de un cliente al que ni siquiera había visto. Sabía que había suites de la familia en todos los hoteles, pero nunca había imaginado que llegaría a ver una por dentro.

Demitri la dejó pasar a través de una puerta que ponía: *Residencia Privada*.

Natalie se fijó en el sofá semicircular y en la mesa redonda de café, en el comedor para doce personas y en la chimenea de mármol. Las lámparas de las mesillas daban una luz tenue. Las obras de arte que colgaban de las paredes parecían valiosas. La habitación era acogedora, pero no parecía que estuviera vivida.

—¿Quieres quitarte el abrigo? —le ofreció él.

Natalie dejó el bolso sobre el aparador que había junto a la puerta y le dio la espalda a Demitri. Al sentir el roce de sus dedos mientras le quitaba el abrigo, ella es estremeció y notó que los pezones se le ponían turgentes.

¿De veras estaba sucediendo aquello? Debía decirle que no solía hacer ese tipo de cosas. Que no era su estilo. Aunque lo decepcionaría.

Armándose de valor, se volvió para mirarlo.

Él estaba observando sus piernas, sujetando el abrigo en la mano. La miró a los ojos y tiró el abrigo sobre el sofá de piel.

—No deberías hacer eso —protestó ella, y dio un paso adelante para recogerlo.

Demitri se acercó a ella.

Era tan atractivo, con su mentón prominente y sus ojos oscuros, la forma apetecible de sus labios, su torso musculoso, su torso plano y las piernas largas.

«No sé lo que estoy haciendo». Intentó pronunciar las palabras, pero él la sujetó por la barbilla con un dedo para que lo mirara antes de besarla.

«Oh».

¿Cuándo había sido la última vez que la habían besado de verdad desde que había nacido Zoey?

Él sabía muy bien lo que estaba haciendo, persuadiéndola con sus labios para que lo besara también. Ella permitió que explorara el interior de su boca y no pudo evitar soltar un gemido seductor.

Él la estrechó contra su torso y, al sentir la firmeza de sus músculos, ella sintió que se derretía por dentro.

Demitri le acarició la espalda y después deslizó la mano hasta su trasero, provocando que una ola de placer se instalara en su vientre y que se despertaran todas las zonas erógenas de su cuerpo.

Eso era lo que quería. Sentirse mujer. Que la sedujeran para no tener que pensar en el bien o el mal. Agradecida por hacérselo tan fácil, lo rodeó por el cuello y lo besó en la boca, haciéndolo saber que estaba completamente receptiva.

Demitri acercó las caderas contra las de ella, para mostrarle su excitación. Le cubrió un seno con la mano y se lo acarició a través de la tela del vestido, provocando que ella se restregara contra su cuerpo inundada por el deseo.

Ambos respiraban de forma acelerada, y apenas se separaban para tomar aire antes de besarse de nuevo. Ella le acarició el cuerpo y saboreó cada momento, cada sensación, inhalando su aroma masculino.

Juguetearon con sus lenguas y ella gimió. Se sentía como si se estuviera quemando viva con la llama del deseo que se había generado entre ellos. Durante un instante, se sintió abrumada por la fuerza implacable que él mostraba y se tambaleó. Entonces, notó algo contra su trasero.

Él le levantó el vestido y la sentó sobre el mármol frío de la mesa que había junto a la puerta.

Antes de que pudiera decidir qué pensaba al respecto, él le separó las piernas y se colocó entre ellas para besarla de nuevo de forma apasionada.

El fino encaje de su ropa interior se rompió de pronto.

Ella gimió y mordisqueó el labio inferior de Demitri,

anticipando... Entonces, él la acarició despacio, provocando que ella deseara que no se detuviera. Segundos más tarde, comenzó a acariciarla con más intensidad entre los pliegues húmedos de su entrepierna.

Sin dejar de gemir, ella se inclinó hacia delante y lo besó para demostrarle lo bien que se sentía con sus caricias.

Le desabrochó la camisa para acariciarle la piel. Demitri la soltó un instante para quitarse la prenda y Natalie no pudo evitar quedarse boquiabierta y rodearle las piernas con las suyas para que se colocara de nuevo junto a ella y acariciarlo.

Él se resistió el tiempo suficiente como para sacar algo de su bolsillo ante de desabrocharse los pantalones. A pesar de que ella estaba muy excitada, al verlo desnudo se puso una pizca nerviosa. Aquello estaba sucediendo. Allí.

Levantó la vista del preservativo que él estaba colocando sobre su miembro erecto y lo miró a los ojos. En ellos vio que él estaba tan hambriento de deseo como ella y que apenas podía mantener el control.

Resultaba emocionante y embriagador.

–Demitri –consiguió decir ella.

–Eres increíble –murmuró él, rodeándola con el brazo para colocarla en el borde de la mesa. La miró a los ojos y una especie de pánico veló su mirada.

–¿No quieres que siga?

–Sí. Te deseo. Sigue, por favor.

Él suspiró aliviado. Natalie sintió una firme presión en su entrepierna y cerró los ojos, tratando de evitar que él viera lo desesperada que estaba.

Demitri la penetró con fuerza y, al sentir, una especie de pinchazo ella contuvo la respiración y apoyó la mano sobre su hombro.

–No eres virgen –dijo él, retirándose una pizca hacia atrás.

–¡No! Es que ha pasado mucho tiempo. Por favor, no pares. Quiero que suceda, de verdad.

Demitri pronunció un sonido entre frustración y desesperación antes de besarla en la boca de forma apasionada para tratar de relajarla.

Ella capturó su cuerpo entre los muslos y lo atrajo hacia sí, provocando que la penetrara por completo. «Sí», ella necesitaba que alguien la estrechara contra su cuerpo, que las manos de un hombre la acariciaran como si fuera un tesoro, que su miembro erecto rellenara el lugar que ella siempre había sentido vacío.

Él echó la cabeza hacia atrás y comentó hacia el techo.

–Me estás matando.

Ella sonrió y lo soltó una pizca. Apoyó las manos sobre sus hombros y le mordisqueó el pecho, incitándolo a que continuara.

Él la miró fijamente a los ojos y, prácticamente, la levantó de la mesa para colocarla contra su cuerpo antes de empezar a moverse rítmicamente. Cada movimiento era posesivo, controlado y deliberado. Demitri no dejó de mirarla ni un instante, como pidiéndole que se dejara llevar y disfrutara haciendo el amor con él.

Natalie no podía mantener el control, y menos cuando con cada movimiento él la inundaba de sensaciones placenteras. Cuando él inclinó la cabeza para mordisquearle el cuello, ella se arqueó para facilitarle que la marcara. Nunca se había sentido tan viva, deseada y sexy.

Hicieron el amor entre gemidos y jadeos y ella hizo todo lo posible para retrasar el orgasmo, disfrutando de la manera en que él la hacía sentir, acariciándole el muslo bajo el vestido y hablándole con suavidad mientras la penetraba. La besó en la boca y colocó la mano sobre uno de sus senos para poder pellizcarle el pezón, aceleró el ritmo de sus movimientos y dijo:

–Ahora, Natalie –se retiró un poco–. Ahora.

Su voz la hizo estremecer y el calor que ella sentía en su interior se hizo tan intenso que apenas lo podía resistir. Demitri la penetró una vez más y permaneció abrazándola con fuerza, para que lo acompañara en el momento del éxtasis.

De pronto, ella comenzó a mover rápidamente las caderas y Demitri continuó penetrándola, arqueando el cuerpo, gimiendo de manera triunfal, intensificando sus sensaciones para que ella empezara a temblar sin control, cediendo ante la fuerza del orgasmo. Después, la abrazó con tanta fuerza que ella pensó que la dejaría marcada, pero no le importaba. No le dolía nada. Todos los espacios oscuros de su interior brillaban con fuerza y deseaba que aquello no terminara nunca.

No obstante, aquello fue terminándose poco a poco. Ella volvió a la realidad y percibió sus respiraciones agitadas y la dureza del mármol sobre el que estaba sentada.

De pronto, un fuerte sentimiento de vergüenza se apoderó de ella. Se había entregado a él con tanta facilidad...

Demitri levantó la cabeza, sacó unos cuantos pañuelos de papel de una caja que había sobre la mesa y se los dio a Natalie antes de separarse de ella. Cuando se dio la vuelta, ella se puso en pie con las piernas temblorosas.

Él se dirigió hasta la primera puerta que había en el pasillo, donde Natalie suponía que había un baño. No se quedó allí para comprobarlo. Avergonzada, agarró el bolso y se marchó sin decir palabra.

Demitri apenas era capaz de pensar. En el fondo de su mente sabía que lo que había hecho con Natalie no estaba bien, pero no era por eso por lo que había buscado un momento para estar solo. Jamás había poseído a una mujer nada más entrar en su habitación.

Y esa pérdida de control lo hacía sentir incómodo. Le encantaba el sexo, el placer y la relajación que obtenía con una mujer a través de él, pero lo que acababa de hacer con Natalie había sido una equivocación. Al contrario de como solía comportarse, ni siquiera había valorado las consecuencias.

Y deseaba hacerlo otra vez. En su cama. Una y otra vez.

Eso le resultaba inquietante. Solía tener mucho apetito sexual, pero el sexo era sexo y las mujeres, mujeres. Nunca pensaba cosas del tipo: «la deseo».

Lo mejor sería que la acompañara de regreso hasta su habitación y acabara con esa historia.

Evitando mirarse en el espejo, se abrochó los pantalones pero se dejó la camisa abierta. Se pasó la mano para secarse el sudor del torso y salió al recibidor. Sentía la musculatura débil y temblorosa...

¿Dónde estaba Natalie? Su abrigo estaba en el sofá todavía, así que...

–¿Natalie?

¿Estaría en el dormitorio? Una extraña sensación de alivio lo invadió por dentro. La noche no había terminado, y él solo podía pensar en saciar su deseo con ella una vez más. ¿Cómo podía sentir tanto deseo si todavía no se le había pasado el efecto del orgasmo?

Ella no estaba en el dormitorio.

Además, no habría sabido cuál de todos era el suyo.

–Natalie –la llamó mientras abría la puerta de cada una de las habitaciones.

Al pasar por el pasillo, de camino a la cocina, se fijó en que su bolso ya no estaba. Inmediatamente, se le formó un nudo en el estómago y, al ver en el suelo la prenda de ropa interior negra que él le había arrancado, se le aceleró el corazón.

Incomodado por la idea de que la mujer de la limpieza pudiera encontrarla, se agachó para recoger la prenda y guardársela en el bolsillo. No era su estilo sentir esa necesidad de privacidad.

Se asomó por la puerta de la suite hacia el pasillo y comprobó que estaba vacío.

Se dirigió al ascensor y presionó el botón. Las puertas se abrieron inmediatamente, así que la cabina no se había movido desde que se habían bajado ellos, treinta minutos antes.

Confuso, regresó a su suite y llamó a la habitación de Natalie. Ella contestó enseguida.

–¿Diga? *Bonjour*...

–¿Natalie?

–¿Sí?

–Soy Demitri.

–Lo sé, reconozco tu voz.

Se hizo una pausa. Él estaba esperando a que ella le explicara por qué se había marchado, pero Natalie estaba esperando a que ella le contara para qué la había llamado.

De pronto, se le ocurrió que a lo mejor ella no esperaba que la llamara.

¿Cuándo había sido la última vez que él había llamado a una mujer después de una aventura amorosa? ¿Y al poco rato de separarse de ella?

–¡Ah, me olvidé el abrigo! –exclamó ella–. Vaya. Lo siento. ¿Podrías dejarlo en la sala de reuniones que hay en la segunda planta mañana por la mañana? Allí es donde estamos haciendo las sesiones en grupo. Fingiré que lo llevé para no tener que regresar a mi habitación antes de salir a comer.

–Parece algo muy elaborado –comentó él, tratando de parecer calmado. Decidió que podía seguir su plan y sentirse afortunado por el hecho de que ella no esperara nada más de aquella noche, sin embargo, se encontró diciendo–. Podría llevártelo ahora. O podrías venir tú.

–Ya habrá suficientes comentarios acerca de que nos han visto cenando juntos. Preferiría que actuáramos como si no hubiera sucedido nada más.

Demitri frunció el ceño al oír sus palabras.

–¿Por eso te marchaste sin darme las buenas noches? –preguntó–. ¿Tenías miedo de que hablaran de ti? –él nunca se había preocupado de la repercusión de sus actos.

–Te aseguro que no me apetece oír comentarios de los que pueda avergonzarme por la mañana.

Al oír sus palabras, a Demitri se le formó un nudo en la garganta. La mayoría de las mujeres consideraban el hecho de acostarse con él como una insignia de honor, sin embargo, el que ella hablara de ello como algo sucio le resultaba desmoralizador.

–Siento si fui una maleducada al marcharme así, pero mañana hay que trabajar y quería descansar un poco... Lo he pasado muy bien, gracias –colgó el teléfono.

–¿En serio?

Demitri colgó el teléfono y lo miró. La tensión que sentía era cada vez mayor.

–Déjalo –dijo en voz alta, pero su cerebro no opinaba lo mismo.

Miró el abrigo que estaba sobre el sofá y se acercó a recogerlo. Al percibir el aroma de Natalie en la prenda, experimentó una mezcla de confusión y deseo sexual.

Lo dejó de nuevo como si quemara. Cerró los puños para ver si conseguía calmar el cosquilleo que sentía en las manos.

Ella le estaba haciendo un favor. No tenía sentido que llevaran una relación profesional a un nivel tan personal. Lo mejor era que lo dejaran como una aventura de una noche y nada más.

Lo mejor que él podía hacer era cambiarse de ropa, regresar al club y buscarse a otra mujer.

Decidió que es lo que haría, pero no se movió.

Recordó las palabras del actor de cine: «pensé que habías terminado con ella».

La rabia volvió a invadirlo por dentro y él no comprendía por qué. Solía quedar con mujeres que querían entrar en su círculo social y luego se las presentaba a hombres famosos. Sin embargo, Natalie no formaba parte de ese mundo.

Además, no había hecho caso de la sinceridad que ella había mostrado al decir que lo que quería era una aventura amorosa. Normalmente, intentaba no aprovecharse de los inocentes. Había que proteger a los más vulnerables. Lo había aprendido durante su infancia.

Por eso se había esforzado tanto en demostrar que no era inocente ni vulnerable. Era insensible.

¿Y por qué pensaba en todo aquello?

Se acercó al mueble bar y se sirvió una copa. Miró el abrigo y frunció el ceño.

«He terminado con ella», pensó mientras las palabras de Natalie retumbaban en su cabeza. «No me apetece oír comentarios que puedan avergonzarme».

Natalie se sentía orgullosa por haber pensado en bajar por las escaleras la noche anterior. Había bajado corriendo, como si la persiguieran, y había tratado de convencerse de que estaba temblando y con la respiración acelerada por el ejercicio, no a causa de la intensidad con la que habían hecho el amor.

¡Se suponía que eso no había sucedido!

La cena había estado bien. Ir al club había sido un poco arriesgado, pero no terrible. ¿Un beso de buenas noches? Solía ser algo aceptable después de una cena, aunque besar a ese hombre en particular habría sido una mala idea.

¿Mantener relaciones sexuales? Ella no se había

planteado tal cosa y no podía creer que se hubiera dejado llevar de tal manera que habían acabado haciéndolo en el recibidor.

Al menos sabía que si alguien se había fijado en el ascensor se habría percatado de que se había detenido primero en la planta donde estaba su habitación y después en el ático donde estaban las suites. Sin regresar de nuevo hasta su planta.

Siempre había alguien que se fijaba en ese tipo de detalles, sobre todo, los que se dedicaban al cotilleo.

Por suerte, el pañuelo formaba parte de su uniforme y cubría la marca que él le había dejado en el cuello. Aunque debería darle vergüenza, le resultaba agradable recordar lo mucho que había disfrutado a pesar de que le dolía todo el cuerpo.

Su corazón también le dolía, pero de otro modo. La soledad se había apoderado de ella cuando se le pasó la euforia y regresó a la realidad. Su aventura con Demitri no era algo para siempre. Ni siquiera era el comienzo de una relación. Ella no era más que otra de sus conquistas. La del martes por la noche.

«Tú también lo has utilizado. No pasa nada», se aseguró. Toda su vida se había basado en la responsabilidad y en las obligaciones familiares. Durante su infancia, las necesidades de sus hermanos siempre iban por delante de las suyas y, después, las de Zoey se habían vuelto prioritarias. La noche anterior había sido una oportunidad única de dedicarse a sí misma. Y había resultado muy satisfactoria. Sin embargo, tenía una hija y un hogar al que regresar.

Además, sabía por experiencia que los hombres no eran más que personas con sus propias necesidades y que ella acabaría anteponiendo a las suyas propias.

Incluso Demitri, que no quería nada más de ella que lo que ella había obtenido de él, se había convertido en alguien al que ella se había propuesto proteger. Tampoco era que deseara anunciar lo que había hecho con él. Era demasiado íntimo. Durante unos instantes se había permitido creer en el cuento de hadas que siempre había guardado en su corazón y que nunca le había contado a nadie porque era algo imposible. A pesar de ello, había fantaseado con la posibilidad de que se hiciera realidad y de que algún día llegara a conseguir la felicidad eterna.

Cuando sus compañeros de trabajo le preguntaron por la cena, ella insistió en que él solo había intentado ser amable y después fingió que había recibido un desagradable correo electrónico de su ex. A partir de ahí, consiguió concentrarse en el trabajo.

Aun así, sus colegas la observaron con curiosidad mientras pasaba las diapositivas y explicaba las ventajas del sistema nuevo. Y en todo momento, ella fue consciente de la silla vacía que había junto a la puerta y que tenía su abrigo sobre el respaldo.

–¿Es cierto que anoche tuviste una cita con Demitri Makricosta? –le preguntó Monique.

Natalie se sonrojó y negó con la cabeza.

–No era una cita. Me invitó a cenar, pero era un asunto de trabajo. Estoy haciendo un informe para la sede central –mintió.

–Ah, ¿qué clase de informe? –Monique era simpática, pero muy cotilla. El tipo de persona que quería saberlo todo antes que nadie.

–Es confidencial –le dijo Natalie, e hizo como si estuviera buscando algo en los bolsillos de su abrigo. Nunca se le había dado bien mentir.

–¿Así que Demitri no intentó nada contigo? Me extraña, teniendo en cuenta su reputación.

–Es su tono de voz –dijo Natalie con una amplia sonrisa mientras se ponía cacao en los labios–. Él no pretende que todo lo que diga suene como una insinuación, pero así es.

–¿De veras? –preguntó una voz masculina desde de-trás, provocando que todo su cuerpo se incendiara. No solo porque la había pillado hablando de él, sino porque estaba muy sexy. No se había afeitado, iba despeinado y los vaqueros que llevaba resaltaban sus piernas mus-culosas. Tenía ojeras y su camisa de rayas estaba arru-gada.

Su sonrisa sexy provocó que a ella se le acelerara el corazón.

Él centró su atención en Monique. Ella se sonrojó también.

–¿Tú qué opinas? –le preguntó–. He venido para pe-dirle a Natalie que venga a comer conmigo y que así po-damos hablar más sobre el informe que está escribiendo, pero ¿te parezco inapropiado?

Era completamente inapropiado. Sobre todo cuando miró de nuevo a Natalie y ella se sintió como si estu-viera desnuda y él la estuviera contemplando.

Monique tragó saliva.

–La comida está incluida –contestó Natalie–. Todo el mundo se ha ido ya, pero tengo que reunirme con ellos. Les prometí que contestaría cualquier duda que tuvieran acerca de mi presentación.

–¿Theo ha incluido la comida? Suele ser muy tacaño –Demitri se retiró de la puerta y salió al pasillo.

Monique soltó una risita y salió también. Natalie consiguió suspirar antes de que Demitri se colocara a su lado.

¿Por qué estaba allí? Tuvo que hacer un gran es-fuerzo para comportarse con naturalidad cuando entra-ron en el comedor y todo el mundo se calló.

–Buenas tardes –saludó a todo el mundo en francés–. Vengo a robaros comida. Y a Natalie. Quince minutos –añadió cuando ella lo miró asombrada–. En mi despa-cho. Hablaremos mientras comemos.

Incapaz de protestar delante de tanta gente, esperó a

llegar a los despachos de una planta más arriba. Demitri abrió una puerta que llevaba una placa con su nombre.

–¿Qué estás haciendo? –preguntó ella una vez dentro.

Él dejó el plato sobre el escritorio. Ella dejó el suyo en una mesa circular, pero no sacó una silla.

–No lo sé –dijo él, con las manos en los bolsillos y mirándola fijamente–. Nunca disimulo. Esto es algo nuevo para mí.

¿Qué quería decir? Ella había asumido que solo había sido una aventura de una noche y que él nunca volvería a hablar con ella. La llamada de la noche anterior la había dejado de piedra. Y aquello era incluso más sorprendente.

Estaba tensa y no conseguía relajarse. El corazón le latía con fuerza, y su cuerpo estaba alerta. En su cabeza sabía que lo de la noche anterior nunca debería haber sucedido.

–Yo no... –se aclaró la garganta–. No sé a qué te refieres.

Él frunció el ceño.

–¿Quieres que te lo diga en francés? Estoy diciendo que nunca he intentado ocultar el hecho de que estoy viéndome con una mujer, y no me gusta. No esperes que se me dé bien.

–¿Nos estamos viendo?

–Bueno, pues teniendo una aventura. Como quieras llamarlo.

–¿Es así como tú lo llamas? Quiero decir, ¿lo haces a veces? Me refiero a ver a una mujer más de una vez.

–No muy a menudo –contestó–, pero dijiste que querías tener una aventura durante tu estancia aquí, y lo de anoche estuvo bien –entornó los ojos–. Muy bien. ¿No crees?

Natalie pensó que se le salía el corazón. Él sabía muy bien que la noche anterior la había vuelto loca.

–¿Hay alguna posibilidad de que dejes tu trabajo para que podamos vernos sin tener que ocultarlo? –preguntó después.

–Yo... ¿Qué? ¡Ja! –exclamó con incredulidad y miró a su alrededor–. ¿Lo he comprendido bien? ¿Me estás pidiendo que haga un cambio permanente en mi vida a favor de algo temporal? Eso no es una petición de compromiso –añadió–. Quiero decir, ¿has oído lo que has dicho?

Estuvo a punto de añadir: «además soy madre», pero no encajaba con la manera en que se había comportado la noche anterior y solo serviría para que se sintiera más avergonzada por lo que estaba sucediendo. Sobre todo porque una pequeña parte de ella pensaba, «en otra vida...» Jamás desearía no haber tenido a su hija, pero sí podía desear imaginar qué habría sucedido de no haber sido así.

–¿Y cómo sería? ¿Yo dejaría mi trabajo y tú me pondrías una casa y pagarías mis gastos?

Él apenas se movió, simplemente asintió.

–Viajarías conmigo si te lo pidiera.

–¡Oh, cielos!

Cuando realmente comprendió lo que él quería decir, se dirigió a la puerta, pero antes de que pudiera alcanzar al picaporte, él se colocó en medio.

–¿Qué es lo que te ofende? Quiero verte otra vez, pero no a escondidas. Sean cuales sean los impedimentos, quiero retirarlos de mi camino.

Ella lo miró por encima del hombro y no pudo evitar recordar lo agradable que había sido que la acariciara y la llevara hasta el clímax. Comenzó a respirar de forma acelerada. Y él también.

–¿Por qué? –preguntó. Había montones de mujeres ahí fuera. Y él se había acostado con muchas de ellas. ¿Ya no quedaba ninguna? ¿Era ese el motivo por el que la había perseguido?

–Sabes muy bien por qué. Ni siquiera llegamos a la cama, por el amor de Dios.

«No pienses que te considera algo excepcional, Natalie».

Sin embargo, él la miraba con deseo y ella notó que se le formaba un nudo en el estómago. Negó con la cabeza con incredulidad, pero él se lo tomó como una negativa.

–¡Maldita sea, Natalie! –exclamó–. ¿Por qué no?

–Demitri, yo no hago este tipo de cosas. Perdóname por ser tan mala en esto, pero no me voy a casa con hombres. Pensé que... –no quería parecer que estaba contenta con tener una aventura de una noche. Le hacía parecer una mujer fácil, tal y como él la estaba tratando–. Tenía la ilusión de viajar y ser alguien diferente, y quizá tener una aventura puesto que no he... –no, no estaba dispuesta a admitir que habían pasado muchos años–. Estar lejos de casa me ha permitido comportarme de una manera diferente, pero no puedo continuar haciéndolo –afirmó–. Lo de anoche fue solo...

¿El qué? ¿Una oportunidad? ¿Un experimento?

–Ha sido una fantasía –dijo ella, repitiendo lo que le había dicho la noche anterior–. Una fantasía que no debería haber llevado a cabo, pero lo hice, y ahora he despertado y es el momento de ser sensata.

«Curioso», pensó Demitri. Había pasado la noche pensando que, por una vez, le estaba sucediendo algo real. Acostarse con Natalie no había sido una vía de escape. Era algo que él deseaba hacer. Y eso lo preocupaba, pero también lo había motivado para ir a buscarla por la mañana y tratar de negociar cómo podían continuar viéndose. Aunque en ese momento se acordaba de por qué las mujeres con principios eran una verdadera lata.

–¿Y qué tiene de malo continuar la fantasía? –preguntó él.

–Eres el propietario de la empresa en la que trabajo –le recordó.

–Eso ya lo hemos hablado. Tú trabajas para mi hermano, y si quieres mantener tu empleo, estupendo. Buscaremos la manera de hacerlo –dijo él, acercándose a ella para acariciarla–. Te haré vivir una fantasía que nunca olvidarás.

–No –Natalie se apoyó en la puerta, evitando que la tocara–. Por favor, no me toques. Tengo que hablar con la gente al salir de aquí y...

–¿No quieres que al regresar allí noten que estás excitada? –la retó, y se fijó en cómo miraba a su alrededor con desconcierto antes de mirarlo a él, con expresión de deseo.

Demitri colocó la mano contra la puerta, a la altura de su cabeza, acercándose lo suficiente para oler el aroma a melocotón de su piel y anhelando que sus senos rozaran su torso al respirar. No pudo evitar una erección.

Nerviosa, ella consiguió mirar hacia abajo. Su cuerpo se arqueó ligeramente, de forma que rozó contra el de él. Contestó con una especie de gemido.

–Sí.

–Te deseo mucho, Natalie. Y no para después de las cinco. Ahora –le dijo, incitándola a que cumpliera con sus deseos. Que le permitiera que la tumbara sobre el escritorio y la poseyera para compartir el éxtasis.

Natalie oyó las palabras y trató de recordarse con quién estaba hablando. Alzó la barbilla y se esforzó para sostener la mirada de sus ojos oscuros.

–¿Decir tal cosa forma parte de proporcionarme la fantasía? Porque si es así, prefiero que seas sincero, Demitri. Estoy casi segura de que no es a mí a quién deseas, sino mantener una relación sexual.

Él entornó los ojos y dijo:

—¿Sabes lo que significa la palabra *vacuo*?

Al parecer era una pregunta de verdad. Esperó a que ella contestara:

—Sí.

—La mayor parte de las mujeres con las que he estado no lo sabían. Y eso dice mucho. Eres muy sexy, pero también muy inteligente. Dame tu número de teléfono. Te mandaré un mensaje para decirte dónde nos encontraremos esta noche.

¿Así, sin más? Eran adultos y podían pasar unas noches juntos. Ella se marcharía el sábado. Serían tres noches de su vida que la nutrirían durante los siguientes treinta años. Quizá la convirtiera en una mujer fácil, pero también la haría feliz. Se arrepentiría si dijera que no.

¿Cuándo volvería a tener la oportunidad de estar con un hombre bajo sus términos, y sin que afectara a su hija? Ese sería el único momento en que podría hacer algo insensato e imprudente, egoísta y tremendamente satisfactorio a nivel sexual.

Emocionada, le dio el número de teléfono y le dijo:

—Podías haberlo encontrado en mi ficha de empresa. Lo sabes, ¿verdad?

—Ya te he dicho que no voy a leer acerca de ti cuando puedo preguntarte las cosas en persona —levanto la vista del Smartphone y la miró con ternura y anticipación.

—¿De veras no vas a leerla?

—¿Hay algún motivo por el que debería hacerlo?

—No —dijo ella. Tres noches para olvidar la sinceridad y actuar como si no tuviera una hija. Sabía que si lo contaba, todo cambiaría, y quería mantener la fantasía. Deseaba ser una mujer soltera en París y tener una aventura con el propietario de una cadena hotelera.

¡Y vaya aventura! No pararon a tomar aire hasta las

dos de la mañana, cuando ella se levantó para vestirse, con el cuerpo dolorido, los pezones hinchados y las piernas cansadas. Era una sensación deliciosa.

—No quiero que regreses sola a estas horas de la noche. Quédate.

—No voy a ir caminando. Pediré un taxi —dijo ella, a pesar de que estaba a poca distancia. Él había reservado una habitación en un hotel de la competencia para el resto de la semana, y había pedido una cena a la luz de las velas.

No habían comido nada, consumiéndose el uno al otro con un apetito voraz.

—Mañana trae una muda —le ordenó, acompañándola hasta el recibidor de la suite—, así podrás ir a trabajar desde aquí, por la mañana.

El hombre era increíble. Completamente desinhibido, y con la misma capacidad de mando estando desnudo que vestido. Era desenfadado cuando estaba relajado, pero si las cosas no salían a su manera iba directamente al grano.

Era mimado. Y privilegiado, sin embargo, era tan generoso en la cama que ella era la que se sentía mimada.

También era peligroso. Y si ella no tenía cuidado empezaría a fantasear con compartir más de dos noches con él.

Ella se acercó a la mesa donde estaba la comida sin tocar y pinchó una aceituna con el tenedor. Se la mostró y dijo:

—Me has hecho perder dos comidas... la del mediodía y la cena. Serás afortunado si no me pongo en huelga para conseguir mejores condiciones —se metió la aceituna en la boca.

—Pensé que los incentivos eran suficientes para mantenerte contenta.

Ella sonrió. Se miraron, y la idea de reencontrarse en aquella habitación provocó que se incendiaran por dentro. No obstante, uno de ellos tenía que mostrar cierto control.

–Sí, bueno, supongo que soy una de esas mujeres difíciles de complacer.

–¡Ja! Eso no es cierto, Natalie –dijo él, con el tono que empleaba cuando toda la sangre de su cuerpo se concentraba en un solo sitio.

–¿Estás diciendo que soy una mujer fácil? –aunque eran sus propias palabras, le sentaron como una puñalada. Miró hacia otro lado y sintió que los ojos se le llenaban de lágrimas. ¿Por qué? ¿Porque acababa de recordar que solo era una más en su lista de mujeres? ¿Porque eso era todo lo que conseguiría de él?

Dejó caer el tenedor y se dirigió a la puerta.

–Eh –Demitri la alcanzó y se sorprendió al ver que ella se tensaba al agarrarla–. ¿Qué ocurre?

–Necesito dormir un poco –dijo ella–. Cuando estoy cansada me pongo muy emocional –y echaba tanto de menos su casa que estaba a punto de ponerse a llorar. Estaba desesperada por abrazar a Zoey. Necesitaba sentir la fuerza de su hija. Esa era ella: la mamá de Zoey. Y no necesitaba un hombre en su vida, para hacerla mejor.

Él la sujetó por la barbilla y le acarició la mejilla.

–Dame un minuto para que me vista. Iré contigo.

–No. Estoy bien –no podía permitir que se convirtiera en su salvavidas. Ya había disfrutado de lo que necesitaba de él. Sonriendo, colocó la mano sobre su torso y dijo–: Buenas noches.

Capítulo 4

DEMITRI solía ser el que necesitaba espacio. Siempre había sido así. Sin embargo, Natalie lo obligó a dar un paso atrás y se marchó.

Normalmente se distanciaba cuando percibía una pizca de desencuentro emocional. Era muy bueno a la hora de detectarlos, ya que su infancia lo había predispuesto a captar el más ligero cambio en el ambiente, cuando una situación podía empeorar en menos de un segundo.

Con Natalie era diferente. Ella no era una mujer empalagosa. Estaba a la defensiva y era capaz de distanciarse de pronto, aunque proyectaba verdadero afecto y ternura. Un segundo estaba bromeando y al siguiente mostrando cierta desesperación, pero nunca recurría a él para resolver la situación.

A menudo, eso era lo que lo llevaba a dejar una relación. En el momento en que la cosa se complicaba y la mujer se volvía dependiente, él desaparecía. Sin embargo, Natalie no había ido a pedirle consuelo. Había mirado a lo lejos, como si él fuera el último lugar donde ella esperaba encontrar lo que necesitaba.

Un extraño y doloroso vacío lo invadió por dentro, instándolo a seguirla hasta el hotel para recuperar la conexión que habían tenido y perdido sin que él supiera cómo o por qué.

Maldita sea, él no solía angustiarse, y menos por las mujeres. Sin embargo, se encontró regresando al hotel a primera hora de la mañana y la estaba esperando en el comedor. Ella apareció con cara de preocupación.

–Lo siento. Acabo de recibir el mensaje sobre esta reunión. No he preparado nada –dijo ella.

–No pasa nada, Natalie. Es informal. Adara me pidió que supervisara la transición del software mientras estoy aquí, así que pensé que podíamos reunirnos mientras desayunamos huevos y café –todo era mentira, pero él deseaba verla e imaginaba que rechazaría un encuentro privado o íntimo. Esa era una excusa para sentarse a su lado, rozarle la manga con la suya y memorizar la huella de su lápiz de labios en la taza de café.

Ella fue la primera en marcharse. Le dijo que estaba nerviosa por llegar a tiempo a su sesión de formación, así que, mirando la pantalla de su teléfono, se marchó sin mirar atrás.

Demitri notó que le vibraba el móvil y lo sacó de su bolsillo.

¿Eso qué era? preguntó ella con un mensaje de texto. Él sonrió.

La primera de tres comidas decentes, escribió él, feliz de que coquetear con ella de ese modo. *No quiero que te pongas en huelga.*

¿Con quién espero encontrarme en la comida?

¿A quién te gustaría?

La respuesta de Natalie tardó unos minutos. *Solo tú.* Él comenzó a respirar de nuevo.

Nos encontraremos en nuestra suite.

–Me siento muy parisina –dijo Natalie, mientras se retocaba minutos antes de que terminara su hora para comer–. Quedar con un hombre a mediodía en un hotel es algo típico de los franceses, ¿no crees?

–No lo sé. Nunca lo he hecho.

–¿Quedar con un hombre? –se rio ella, sentándose en el borde de la cama para ponerse brillo de labios–. Pues con una mujer.

Él se incorporó apoyándose en un codo. Tenía la sábana alrededor de las caderas y su cuerpo parecía una escultura. Su beso fue largo y delicado, pero cuando él la miró a los ojos, ella bajó la vista.

–¿Te avergüenzas de hacer esto, Natalie?

–No –dijo ella, pero no sonó real. No tenía tiempo para explicarle por qué estaba traicionando una parte de sí misma–. ¿Nos encontramos aquí esta noche?

–¿Prefieres salir?

Ella negó con la cabeza, sintiéndose tonta por haber deseado ser la única mujer que él había conocido nunca. O por desear haber sido el tipo de mujer que esperaba lo mejor y tenía derecho a recibirlo. O cuando había querido ser alguien difícil de complacer, anhelando que él deseara hacerlo.

Durante un instante sintió la necesidad de que un hombre la hiciera sentir completa, cuando sabía que era pura fantasía. Su padre no se había quedado al lado de su madre para ayudarla. Su marido tampoco la había apoyado nunca. Alguna vez soñaba con que alguien estuviera a su lado cuando Zoey creciera y se independizara, pero siempre decidía que ya buscaría a su compañero más tarde.

En aquellos momentos, tenía suficiente con que un hombre atractivo le dedicara su atención. Había que disfrutar de ese tipo de cosas, aunque no fueran perfectas. Eso era lo que había aprendido de su hermano. Simplemente tener un buen día ya era un regalo.

Y Demitri le había regalado un gran día. Cuando aquella noche, él la colocó bajo su cuerpo, ella todavía temblaba después de que él la hubiera poseído, pero se alegraba de que no hubiera terminado. Él todavía estaba en su interior.

–Me toca –dijo él, y la abrazó con fuerza–, pero ha sido muy excitante ver cómo perdías el control encima de mí. Creo que no voy a aguantar mucho más.

–Bueno –dijo ella, rodeándolo las caderas con los muslos.

Él blasfemó en voz baja y se agarró a los hombros de Natalie.

–Me gustaría quedarme así, pero estoy tan excitado que voy a estallar. ¿Qué me estás haciendo, Natalie?

–¿No puedes aguantar para llevarme contigo? –bromeó ella.

Su mirada se volvió feroz. Comenzó a moverse con fuerza, penetrándola y guiándola por el mismo camino que él había tomado. Era casi demasiado intenso para soportarlo, pero enseguida ella estaba jadeando.

–No pares. Por favor, estoy a punto.

–Ahora, maldita sea. Ahora.

Al instante, ambos gimieron de placer, abrazados mientras el éxtasis los consumía con fuerza. Después, permanecieron abrazados, con la respiración acelerada y los corazones latiendo al unísono.

–Me temo que vas a acabar matándome, Demitri –susurró medio bromeando.

Él resopló y se retiró un poco para acariciarle un seno.

–Yo he pensado lo mismo acerca de ti desde la primera noche.

Una burbuja de optimismo inundó su corazón, pero ella la ignoró. Volvió la cabeza y lo besó de nuevo.

–Tengo que comer. En serio. El cruasán del mediodía no era una comida –se quejó.

Demitri se retiró a un lado.

–Eres muy exigente. Si lo recuerdas, te ofrecí salir a cenar, pero elegiste devorarme hasta los huesos.

Era verdad, y no tenía ganas de vestirse para salir en esos momentos. Se pusieron el albornoz y comieron en el sofá lo que él había pedido por la tarde: pan con queso, pepinillos y caviar, vino y fresas.

«Díselo», pensó ella, sintiéndose lo bastante cercana a él como para correr el riesgo.

–Tienes dos sobrinos, ¿no? ¿Y pasas mucho tiempo con ellos?

–Y una sobrina –miró a lo lejos, como pensativo–. Es una larga historia y ni siquiera sé cómo contarla. Y no. Intento verlos lo menos posible.

Natalie sintió que le daba un vuelco el corazón.

–¿De veras? ¿No te gustan los niños?

–No considero que sean una plaga que haya que erradicar, pero no... –frunció el ceño–. Sinceramente, no creo que ninguno de nosotros quisiera tener hijos. Adara lo estaba intentando, pero creo que solo porque se sentía presionada por mi padre. Él quería tener un heredero. No creo que ella quisiera un bebé. Después Theo apareció con un hijo. Yo me quedé impresionado. Preocupado incluso, porque...

Se pasó la mano por el rostro y se calló.

–¿Por qué? –preguntó con curiosidad.

–Resulta que es mucho mejor padre de lo que nunca pude imaginar, pero he tenido que acostumbrarme. De pronto, se supone que debo ser un tío implicado y no tengo ningún interés en serlo. Nunca seré como ellos. ¿Por qué? ¿Estás pensando en formar familia?

–Lo pensé en un momento dado –admitió–. Pero mi padre abandonó a mi madre y mi ex... –suspiró.

–¿Te hizo daño?

–No –le aseguró–. Bueno, con su falta de consideración. Es muy egocéntrico, pero es... –«un buen padre», pensó. No era estupendo, pero Zoey sabía que lo quería y eso era muy importante, sobre todo cuando el padre de Natalie no se había quedado cerca de su hija ni por amor.

–Mi suegra siempre dice que tenemos que respetar la

energía de Heath. Que cada uno sigue su propio camino –sonrió al pensar en la madre de Heath. Ya que ella no tenía a su madre, al menos tenía la mejor sustituta posible. Si hubiese tenido que dejar a Zoey tres semanas al cuidado de Heath, no habría podido irse de viaje, pero Zoey tenía una relación muy especial con su abuela y había que fomentarla–. Él tiene una familia encantadora. La madre se dedica a cuidar niños huérfanos en acogida. Yo estaba muy mal, acababa de perder a mi hermano cuando comencé a salir con Heath. Ella estuvo a mi lado también cuando mi madre murió, así que no puedo odiarlo cuando él es el motivo por el que ella forma parte de mi vida.

–Muy generosa.

–Lo intento ser. Y en respuesta a tu pregunta, no. No aspiro a volver a casarme –«y menos con un hombre al que no le interesan los niños»–. Si se le da a alguien el poder de hacerte feliz, también se le da el poder de hacerte infeliz. Yo no quiero ser infeliz, así que, estás a salvo –dijo ella, decepcionada por no poder hablar de su hija. Cada día echaba más de menos a Zoey.

Aunque pronto podría dejar de evitar el tema. El día siguiente sería el último que pasaran juntos.

–¿Qué haces? –preguntó Demitri al salir de la ducha y ver que Natalie se había vestido con un chándal.

La había dejado durmiendo, puesto que todavía faltaban dos horas para que comenzara a trabajar. Él se había despertado para revisar el correo electrónico y se sorprendió al ver un mensaje de su hermano preguntándole por qué no había asistido a una reunión que tenía en Atenas. Sintió ganas de tumbarse sobre Natalie y olvidarse de todo, pero le estaba exigiendo más que a cualquier otra mujer y eso lo inquietaba. Decidió darse una ducha para demostrarse que era capaz de resistirse a ella.

Trataba de convencerse de que Natalie no tenía el

poder de hacerlo feliz o infeliz, pero no conseguía dejar de pensar en ello.

Ella ya estaba vestida y poniéndose los zapatos, pero al verla deseó poseerla otra vez.

–Como soy una artista del disfraz, fingiré que he ido a dar un paseo y a comprar unas pastas –explicó–. Así no parecerá extraño que voy a trabajar desde la calle.

–Esto es ridículo –dijo él, impaciente.

–Solo queda una noche.

–¿Qué quieres decir?

–Mañana me marcho a Lyon. Haré la maleta al mediodía para poder venir aquí directamente después del trabajo. Pasaré la última noche aquí, si quieres, pero...

–¿Qué quieres decir con que te vas mañana?

–Voy a tomar el tren. Hice lo mismo para venir aquí. Si viajo el sábado me da tiempo a hacer un poco de turismo antes de empezar a trabajar el lunes.

–En Lyon no hay nada que ver.

–Solo dos mil años de historia –lo miró a los ojos y vio que arqueaba las cejas. «¿Me estás pidiendo que me quede?», pensó.

–¿A qué hora sales?

–Como tarde a las seis.

–¿Sabes esquiar?

–¡Vaya! Un poco, pero no muy bien. ¿Por qué?

–Podemos ir a Suiza a pasar el fin de semana –decidió él.

–¿A Suiza? ¡Eso es una locura!

–No está tan lejos. El domingo te llevaré a Lyon.

–Pero...

–¿No te apetece?

–No es eso. Solo que no imaginé que quisieras... –se encogió de hombros–. Pensé que a estas alturas tendrías que marcharte a algún sitio.

Según su hermano debería estar en Atenas, pero ella no se refería al trabajo. Ella insinuaba que pensaba que ya se habría cansado de ella. Y a él le preocupaba por qué no se había cansado todavía.

Al ver que él fruncía el ceño, Natalie le preguntó:

−¿Tendrías que estar en algún sitio?

−No. Yo hago lo que quiero −le aseguró él−. Y quiero llevarte a Suiza.

−¿De veras? −murmuró ella, con brillo en la mirada.

−Si no quieres ir, dímelo.

−Iré. Solo que no me lo esperaba. Mándame un mensaje diciéndome dónde quedamos cuando lo hayas organizado todo −lo besó en los labios.

Demitri la besó de forma apasionada. El beso tenía que durarle todo el día.

−No puedes comprarme unos esquís −protestó Natalie.

−¿Por qué no? −preguntó perplejo.

−Porque... −era evidente, ¿no? Una cosa era que pagara la habitación de hotel o que la llevara hasta Suiza en el helicóptero de su hermano, pero que le comprara el equipo de esquí resultaba extraño−. ¿Qué haré con ellos después? No puedo llevármelos a casa.

−Claro que puedes. Hacéis envíos a Canadá, ¿verdad? −le preguntó Demitri al dependiente.

−Por supuesto −contestó el dependiente.

−En casa no necesito esquís, Demitri. Será mejor que alquile unos para el fin de semana.

−Hay mucha cola.

−No me importa esperar. Nos encontraremos en las pistas cuando tenga el equipo. Tú haz tus cosas.

−Esto es lo que tengo que hacer −dijo con impaciencia.

−¿Conseguir lo que quieres?

−Exacto. Ignórela y búsquenos equipo a los dos −le ordenó al dependiente.

–Demitri...

–Ven aquí. Quiero enseñarte una cosa –la llevó hasta la ventana para que viera los copos de nieve cayendo sobre las pistas iluminadas. La luna brillaba en la cima de las montañas–. ¿Ves eso? –preguntó señalando al techo.

–¿Qué?

Cuando levantó la cabeza, la besó durante largo rato. Ella pestañeó asombrada cuando se retiró. Se sentía un poco avergonzada, pero también conmovida por la ternura-a de su mirada.

–Te acabo de besar en público –dijo él–. Hemos venido aquí para estar juntos.

–Podías quedarte conmigo en la cola del alquiler –sugirió ella con una sonrisa.

–Me gusta tu sentido del humor, Natalie –pasó junto a ella y agarró un par de pantalones de esquí de color morado–. Pruébate estos.

Ella miró el precio, hizo una mueca y dijo:

–De acuerdo, pero los compraré yo.

–¡Ya estás otra vez! Te he invitado a venir, así que es mi regalo.

No le parecía bien aceptar sus exigencias, pero ¿qué mujer era capaz de decirle que no a Demitri? Al momento, estaba equipada de arriba abajo, incluso con gafas de sol.

–Es de noche –protestó ella.

–Mañana las necesitarás, aunque esté nublado.

Pasaron un par de horas esquiando antes de dejar el equipo en una taquilla que él había alquilado. Después pasearon por el pueblo, cenaron fondue y bebieron ponche mientras escuchaban música en directo. Cuando llegaron a la cama, estaban casi demasiado cansados para hacer el amor.

Casi, pero no tanto.

Ella se quedó dormida con la nariz presionada contra el torso sudoroso de Demitri.

–No tienes que quedarte conmigo en las pistas de iniciación –dijo Natalie al bajar del telesilla–. Vete a hacer unos saltos o algo así. Estaré bien.

–Las dos últimas pistas han sido de nivel intermedio. Creo que estás preparada para algo más difícil.

–No, no es cierto –negó ella. Y al mirarlo, se quedó sorprendida de lo atractivo que estaba

–Yo... No esquío lo bastante bien como para bajar un nivel intermedio.

–¿Qué dices? Eres prudente, pero tienes técnica. Estoy impresionado.

Él saludó con la cabeza a un... Madre mía, ¿era un miembro de la realeza? Demitri había invitado a un medallista de oro y a su esposa, con los que se había encontrado en el chalet, para que los acompañaran durante la comida. Y también, una modelo sueca se había acercado a saludarlo. Aquel lugar era un punto de encuentro de la élite europea.

–Lo siento –murmuró él–. Te lo habría presentado, pero el protocolo dice que han de ser ellos los que tomen la iniciativa y es evidente que prefiere estar tranquilo ahora. ¿Preparada?

–¡No! Eso de la pendiente suena peligroso –dijo ella, con una risita–. Soy prudente porque es muy empinado. Estoy acostumbrada al hielo, que es plano.

–¿Al hielo? ¿Te refieres a patinar sobre hielo? No me digas que has jugado al hockey.

–Soy canadiense. Claro que he jugado al hockey, pero me refería a bailar en una pista de hielo.

–Patinaje artístico sobre hielo –comentó él, mirándola con asombro–. ¿Hace cuánto tiempo de eso?

–Hace casi seis años –frunció la nariz–. Hasta que

mi padre se marchó y ya no tenía ni tiempo ni dinero. Tenía una amiga que me estuvo llevando durante un tiempo, después, iba en autobús, pero a mi madre no le gustaba que estuviera en la parada a las cinco de la mañana y... –su madre la necesitaba–. No pude seguir.

–Qué lástima.

–Así es la vida –comentó ella–. No me importa, excepto los días como hoy cuando nos encontramos con tu amigo el medallista. No sé si a base de entrenar hubiese conseguido llegar tan lejos, pero él es un chico que se ha esforzado mucho. Sé que ha hecho muchos sacrificios, pero hace que yo me pregunte si habría sido capaz de seguir con mis entrenamientos. Me gustaba mucho y me habría gustado continuar, pero en mi vida nunca he podido perseguir mis sueños.

Él la miraba como si quisiera preguntarle más cosas, pero ella no quería seguir hablando para no ponerse sentimental.

–Está bien, probaré una pista difícil –dijo con decisión–, pero prométeme que si te aburres esperándome, te adelantarás. Nos encontraremos al final.

–Nunca me aburro contigo, Natalie. Por eso estás aquí conmigo.

–Eres un adulador –dijo ella, confiando en que él achacara al frío el temblor de su voz.

–Es la verdad. Y con lo del patinaje artístico, ¿es algo que podrías retomar?

–¿Vas a ofrecerte como sponsor? No –dijo ella–, no lo es –se acercó a él y le ofreció la boca para que la besara–. Aunque me alegro de que me animes a ello.

–Creo que no eres demasiado mayor. En serio, ¿cuáles son los impedimentos? ¿El coste?

Si él supiera.

–Será mejor que disfrutes de esto ahora –se llevó el dedo a los labios–. En caso de que me rompa una pierna y tenga que pasar la noche en el hospital.

–No voy a permitir que te rompas una pierna. Sabes exactamente lo que quiero esta noche –la besó en los labios.

Demitri había entrado en una fase de sueño en la que no solía entrar. Condicionado por su infancia a tener un sueño ligero, siempre en alerta, rara vez llegaba a dormir profundamente. Ese día había madrugado, había hecho mucho ejercicio, había comido bien, se había tomado unas copas de vino en la bañera y se había relajado por completo mientras Natalie gemía de placer contra su oreja. La habitación estaba fría, la cama caliente, la piel suave de las nalgas de Natalie contra su miembro, y uno de sus senos bajo la palma de su mano. Había encontrado la perfección.

Entonces, oyó una musiquita y trató de seguir durmiendo, pero Natalie se movió y se incorporó para contestar el teléfono que había dejado en la mesilla de noche.

–Lo siento. No te enfades –dijo ella.

–Siléncialo –se quejó él, abrazándola para sentir de nuevo el calor de su piel contra el cuerpo.

–No, debería habértelo dicho. No te enfades.

¿Qué diablos quería decir? Ocultó la nariz contra su pelo y oyó que decía:

–Hola, cariño.

«¿Cariño?», pensó él.

–Hola, mamá –dijo una vocecita de niña.

Demitri abrió los ojos de golpe.

Capítulo 5

CUANDO Demitri es levantó de la cama detrás
de ella, Natalie inclinó la pantalla del teléfono
para que Zoey no viera que tenía compañía.

–¿Cómo es que estás despierta tan tarde, cariño? ¿Te
encuentras bien? –había hablado con Zoey antes de
marcharse de París y le había explicado que iba a estar
fuera el fin de semana y que a lo mejor no podría contestar las llamadas. El hecho de que su hija quisiera con-
tactar con ella de todas maneras, la asustó.

–Papá me ha dicho que podía quedarme despierta
porque es fin de semana.

La puerta del baño se cerró con fuerza.

Natalie se centró en su hija. Zoey no estaba bañada
ni en pijama.

–¿Dónde está la abuela?

–El bebé de la tía Suzie está a punto de nacer así que
la abuela se ha ido a cuidar de Bobby. Volverá por la
mañana. Papá me dijo que podía llamarte para contártelo.

–¡Anda! Eso es una gran noticia –Natalie sabía que
aquello podía suceder. Heath estaba con Zoey y lo peor
que podía ocurrir era que se acostara muy tarde y sin
bañarse. Aun así, le molestaba que no se esforzara en
mantener su rutina–. Los bebés suelen tardar mucho en
nacer, así que, no puedes quedarte despierta esperando.
Quiero que te acuestes. Te llamaré por la mañana, ¿de
acuerdo?

–Mamá... –ya nunca la llamaba *mami* y tan solo tenía cinco años.

–Escucha, hagamos un trato. Puedes saltarte el baño y dártelo mañana cuando la abuela pueda ayudarte. Ponte el pijama y pídele a tu padre que te lea un cuento. Después puedes jugar un ratito con la tablet si quieres. No hace falta que te duermas, pero quiero que te acuestes –era un truco. Zoey caía rendida nada más acostarse.

Zoey aceptó el trato y se despidieron con un «te quiero». Natalie terminó la llamada y se sentó en la cama mirando hacia el baño con un nudo en el estómago.

Tras un rato de silencio, se abrió la puerta. Demitri permaneció bajo el umbral, desnudo y poderoso, mirándola con tanta frialdad que ella estuvo a punto de volverse de piedra.

Natalie sentía que su corazón latía con fuerza mientras un sentimiento de indignación y vulnerabilidad se apoderaba de ella. Debería habérselo dicho, pero él tampoco tenía que actuar como si hubiese cometido un delito. Como si además de estar furioso, no quisiera tener nada más con ella.

Su opinión acerca de ella había cambiado, tal y como temía que sucedería. Todavía existían los prejuicios hacia las madres solteras.

Demitri se acercó a la cómoda y sacó su ropa para vestirse. Cuando se sentó para ponerse las botas, ella captó el mensaje.

–No tienes que marcharte. Me iré yo –dijo ella, levantándose para buscar su ropa.

–Está bien. Quédate –él descolgó la chaqueta del perchero.

Natalie sacó la maleta de debajo de la cama, deseando salir de allí.

–¿Qué haces? –preguntó él.

Era evidente que estaba recogiendo sus cosas, pero no tenía sentido discutir sobre ello. Le había ocultado

un secreto y él había reaccionado tal y como ella esperaba. Todo había terminado, y no había nada que pudiera hacer para arreglarlo.

—Natalie —dijo él.

—Reservaré una habitación para pasar la noche, y
mañana viajaré a Lyon —dijo ella—. No tienes que aban-
donar la habitación, ni tu plan de fin de semana.

—Esta era la última habitación. No vas a irte en medio de la noche con tu equipaje. Me iré yo. Quédate.

Ella se volvió y lo encontró en la puerta, con una
mano en el picaporte y la otra sosteniendo su chaqueta.
Estaba tenso y su expresión era muy seria.

—Quiero marcharme —dijo ella. Estaba temblando y
se agachó para recoger una camiseta de manga larga y
ponérsela. Sacó un par de pantalones vaqueros del cajón
y se los puso también. Después, guardó el resto de ropa
en la maleta.

—Natalie, para —Demitri se acercó a su lado.

—Estoy facilitándote las cosas —dijo ella—. Deja de
complicármelas tú a mí.

—Tengo derecho a estar sorprendido —dijo él, señalando el teléfono—. ¿Por qué no me lo dijiste?

—Porque sabía que reaccionarías así. Y que pensarías
otra cosa de mí —soltó ella. Era incapaz de mirarlo. Se
sentía avergonzada y culpable, así que se dirigió al baño
para recoger sus cosas de allí.

Demitri escuchó mientras ella recogía sus productos de
aseo. Tenía el corazón acelerado y un nudo en la garganta.
Incluso había sentido náuseas cuando se enteró de que ella
tenía una niña. Necesitaba marcharse y recuperar la compostura. Escapar de todo aquello, pero sabía que cuando
estuviera preparado para regresar, ella no estaría allí.

Debería sentirse aliviado, porque era así como podría seguir adelante. Fingiendo que nada había sucedido. Sin embargo, ella quería marcharse y él estaba allí
quieto, deseando que no lo hiciera.

Ella no era la mujer coqueta y soltera con la que él pretendía mantener una relación de amantes. Demitri estaba encantado de haber encontrado a una mujer interesante y que no quería mantener un compromiso, pero no esperaba que ella estuviera ocultándole la mayor de las responsabilidades.

Se sentía completamente desconcertado sobre cómo actuar.

Ella salió del baño y pasó junto a él sin mirarlo, como si estuviera demasiado avergonzada. «Sé que piensas de forma diferente acerca de mí».

Él la veía de otra manera, pero no tenía mala opinión sobre ella. Era más... Ni siquiera quería analizar lo que estaba sintiendo. Mirada al frente y seguir adelante era su lema. Nunca miraba atrás y se autoanalizaba.

Se pasó la mano por el cabello y, al observar que ella cerraba la maleta, soltó:

–Para.

Ella alzó la barbilla y continuó cerrando la cremallera.

–Natalie, puedes parar un instante y decirme...

–¿Qué? –preguntó ella, cruzándose de brazos–. ¿Quieres que te cuente por qué estoy en Europa fingiendo que soy una mujer soltera que puede tener aventuras amorosas?

–¿No eres soltera?

–Sí, lo soy –le aseguró ella al ver que estaba perplejo–. Me refería a lo de no mencionar a Zoey. Me he comportado como si no tuviera ninguna obligación cuando tengo una niña de cinco años –se llevó la mano a la frente–. Sin embargo, la primera noche te dije que esto era una fantasía. Una oportunidad para vivir de una forma de la que nunca podría vivir en mi vida real –lo miró suplicándole que la comprendiera–. No me siento orgullosa de ello. Ni de haberte ocultado a mi hija. Dejarla tres semanas con mi suegra me ha resultado muy difícil, pero al menos ha sido por el bien de mi carrera profesional. De hecho es por lo que Gideon se acercó a hablar conmigo el día que nos viste –lo miró de nuevo antes de continuar hablando rápidamente–. Tuve que rechazar el proyecto dos veces antes de esta porque Zoey era demasiado pequeña para dejarla sola. En esta ocasión estuvieron a punto de no tenerme en cuenta, así que le escribí un mensaje a Adara contándole que me parecía discriminación el hecho de que a un hombre casado, con una hija de la edad de la mía, lo habrían cogido sin dudarlo, y que a mí no. Ella hizo lo posible para que pudiera venir y me pidió colaboración para modificar la política de la empresa de forma que apoyen más a los empleados con familias monoparentales. Quieren fomentar que todo el mundo tenga oportunidad de avanzar en la empresa, sobre todo si tienen dependientes a cargo, ya que la pobreza no ayuda nada en esas situaciones.

Demitri asintió, había oído algo acerca de ese debate en la junta directiva, pero puesto que no había sido de su interés había permitido que sus hermanos se ocuparan de ello. En ese momento, no era lo que más le interesaba.

–¿Tu hija tiene cinco años? ¿Qué edad tienes tú? –suponía que unos veinticinco o veintiséis.

–Veinticuatro –contestó ella.

Él no pudo evitar arquear las cejas con sorpresa.

–La noche en que nos graduamos en el instituto hubo una fiesta –se encogió de hombros–. Mi hermano acababa de morir y yo estaba... No me siento orgullosa de ello, pero sucedió, y nos casamos porque eso era lo que había que hacer ¿no? Yo quería que alguien cuidara de mí, pero Heath no estaba interesado en cuidar de ninguna de las dos. Apenas cuida de sí mismo –se pasó la mano por el cabello–. No debería decirlo así. Él no va a dejar que Zoey juegue con cerillas ni nada de eso –masculló–, pero no es capaz de mantener un trabajo. Según él todo se puede hacer cualquier otro día, es mejor ir de fiesta. La quiere, y siempre cuida de ella, pero no puedo contar con él en el día a día.

El tono de su voz afectó a Demitri, enfrentándolo con la idea de que con él tampoco se podía contar.

–Y con esto yo... No estaba buscando a alguien que cuidara de mí aquí –se apresuró a añadir–. Esquiar en los Alpes es agradable, pero he aprendido a vivir sin ese tipo de lujos. De hecho, se me da bastante bien cuidar de Zoey y de mí misma. Uno de los motivos por los que no salgo con hombres es porque no quiero tomarme la molestia de intentar encajar las necesidades de otra persona en nuestras vidas. Estamos muy unidas, e incluso cuando me centro en mi carrera profesional estoy pensando en ella. Un sueldo mejor se traduce en más oportunidades para ella, y en la posibilidad de ofrecerle una educación mejor. Intento tomar las decisiones que sean mejor para ella. Y aquí he tenido el tiempo de pensar solo en mí misma, para variar.

Sonrió con sinceridad.

–Tú vives libremente cada día –señaló–. Es posible que no te des cuenta de lo atractiva que es esa forma de vida. La maternidad y pagar la hipoteca no es algo glamuroso. Y mira cómo has reaccionado. Cuando pensabas que era una mujer soltera te parecía sexy y ahora que sabes que soy madre ya ni te atraigo. Yo quería sentirme sexy y divertida por una vez.

–No has dejado de resultarme atractiva –se quejó él, sentándose en la silla donde se había puesto las botas.

Apoyó los codos en las rodillas. Se sentía incómodo y molesto, pero no quería pensar en por qué seguía allí.

–No me gusta salir con mamás, Natalie. Las mujeres con las que suelo salir son tan superficiales como yo. Tú no eres superficial para nada, y lo supe el primer día que hablamos, pero lo ignoré por...

–El sexo –añadió ella–. Lo sé. Yo también estoy aquí por eso.

Por algo más que por el sexo. Ella le gustaba, pero el sexo era increíble. ¿Y ella lo sabría? De pronto, pensó en que parecía que solo había tenido un amante antes que él, alguien que nunca había ido más allá aparte de buscar su propio placer.

Sintió un dolor intenso en el pecho. Ya comprendía por qué ella estaba tan fascinada con él. No tenía nada que ver con entrar en su círculo ni con su dinero. Era únicamente porque él obtenía mucho placer dando placer a las mujeres, y ella estaba hambrienta de placer.

Demitri blasfemó mirando al suelo.

Ella suspiró.

—Debería habértelo dicho. Lo siento. Te estás sintiendo culpable y no deberías. Esta ha sido mi decisión, Demitri.

Él levantó la cabeza.

—Quizá tu ex nunca tenga la oportunidad de asumir la responsabilidad. ¿Has pensado en esa posibilidad, Natalie?

Ella lo miró sorprendida.

—Está bien. Regodéate en el sentimiento de culpa. Todo es culpa tuya.

Evidentemente no lo era, sí que él no debía sentirse nada más que un poco incómodo por perder una amante estupenda.

Se frotó los muslos y, al ver que ella abría la maleta y recolocaba las cosas otra vez, sintiéndose rechazada, se puso más nervioso.

Porque tenía una hija. Y en lugar de intentar meterlo en ese torbellino, ella le estaba explicando por qué nunca lo intentaría. Había cierta ferocidad en su manera de defenderse. Ella se arrepentía de haber ocultado a su hija, pero todo lo que le había dicho demostraba que se sentía orgullosa y muy comprometida con la niña. Era un gesto tierno y cariñoso, y él no podía dejarla pensando que le parecía mal.

–Nat, escucha –le dijo–. Soy alérgico a la familia. La mía parece una película de terror. Deberíamos ir a terapia, pero eso significaría tener que hablar sobre ello. Si pudiera cortar mi relación con ellos para siempre, lo haría.

–¡No digas eso! Si yo no tuviera a Zoey, estaría completamente sola y eso es horrible. No desees alejarte de tu familia. No.

–Es evidente que tenemos perspectivas diferentes –dijo él–. Lo que intento decirte es que esto cambia las cosas, pero por mi historia, no por la tuya.

–No eres tú, soy yo. ¿Eso es lo que intentas decirme? –levantó la maleta de la cama y la dejó caer contra el suelo.

–Basta –Demitri se puso en pie con impaciencia al ver que ella insistía en marcharse.

–Mira, no voy a pedirle al chico que ha pagado la habitación que se vaya –dijo ella–. Soy adulta y puedo solucionar mis problemas. No me estaba acostando contigo para conseguir un viaje de esquí, ni siquiera un pañuelo nuevo –sacó del abrigo el pañuelo de seda que él le había comprado y lo dejó sobre la cómoda–. Solo quería un buen recuerdo. Dejémoslo así, terminando la relación de forma civilizada.

–Yo te he traído aquí –dijo él–. Quédate en la habitación, duerme un poco y te llevaré a Lyon por la mañana. A las ocho en la recepción. Se acabó.

Demitri salió de la habitación.

DEMITRI tenía dos limusinas esperando cuando el helicóptero aterrizó en Lyon. Aparte de darse los buenos días y poco más, apenas habían hablado durante el viaje. Una asistenta había ido a la habitación a recoger las cosas de Demitri. Él pilotó el helicóptero y Natalie intentó convencerse de que se encontraba mal a causa del vuelo, y no a causa del desamor.

Llegaron al Makricosta Heritage en Lyon, uno detrás del otro. Él no tenía motivos para registrarse y solo llevaba una bolsa, así que se dirigió directamente al ascensor. Ella tenía compañeros que conocer y una habitación a la que ir. Si se distraía mientras esperaba y seguía con su mirada al hermano pequeño de los Makricosta, resultaría sospechoso. Todas las empleadas volvían la cabeza cuando él entraba en el hotel. No podía pasar desapercibido.

Su habitación, que se encontraba a media altura del edificio principal, tenía una bonita vista de los tejados de la ciudad. Temiendo derrumbarse si permanecía en su habitación, pidió que le mostraran el despacho que iba a utilizar durante su estancia.

La planta de Administración estaba casi desierta. El gerente de fin de semana le indicó cuál era su despacho y se inclinó para susurrarle al oído.

—Si yo fuera usted, mantendría la cabeza gacha y terminaría lo antes posible. Uno de los jefes está aquí y no parece contento.

—¿Demitri? —intentó no sonrojarse—. Lo he visto llegar.

–Adara –la corrigió–, pero ella lo ha hecho llamar y en el hotel de París se comenta que rodarán cabezas, aunque nadie cuenta nada acerca de lo que ha sucedido. Usted acaba de llegar de allí, ¿no? ¿Sabe algo?

Ella agarró el bolso con fuerza.

–No –consiguió decir. Estaba segura de que su mirada delataba su sentimiento de culpabilidad.

Por suerte, el hombre estaba comprobando que todas las puertas estuvieran bien cerradas.

–Bueno, no quiero estar por aquí cuando vengan a cortar cabezas. Le sugiero que no haga caso de la lluvia y salga a ver la ciudad –le dijo antes de marchar.

Adara lo sabía.

Natalie deseaba poder salir de allí y esconderse, pero no era su estilo. Cuando cometía un error, se responsabilizaba de ello al cien por cien.

Avanzó por el pasillo con decisión.

Demitri no necesitaba que pasara aquello. Agarró el pomo de la puerta del despacho de Adara y abrió un poco antes de que su hermana exclamara:

–¡No hemos terminado de hablar de esto!

Ella permaneció detrás de su escritorio, más arrogante que nunca. Al parecer ella se había apresurado para salir de Atenas aquella mañana con el fin de esperarlo y arruinarle el resto de lo que se había convertido en un horrible fin de semana.

–De todos modos, ha terminado, así que no hay nada más que decir –dijo él.

–¡Hay mucho que decir! ¡Nos has expuesto a la posibilidad de tener un juicio por acoso sexual!

–Ella no va a denunciar –dijo él con impaciencia. Natalie era buena y decente, y quizá estaba un poco demasiado agradecida por la atención que él le había prestado. Se habían separado de forma amistosa, a pesar de que él se sentía furioso con ella por ser completamente diferente a lo que él quería que fuera. Demitri habría seguido dándole vueltas a aquello si su hermana no hubiera llegado para ordenarle que se reuniera con ella en su despacho.

–Todo el mundo en París sabe que te has acostado con una de las especialistas en Tecnologías de la Información. Durante la semana se enterará toda la organización. ¿Hay más? –preguntó ella.

–No. ¿Y puedo recordarte que Theo también lo hizo? ¿Por qué diablos me cae esta bronca a mí? –notó que la rabia se apoderaba de él y trató de ser paciente.

Ese día, las palabras de su hermana le sentaron muy mal. Quizá porque ya estaba enfadado. Habría seguido con Natalie si ella no le hubiera contado la verdad y no le importaban las normas de la empresa.

–Te sugiero que redactes una nueva norma –dijo con una sonrisa condescendiente–. Una en la que se indique exactamente cuándo es apropiado coquetear con las empleadas, porque ahora parecer ser que es confuso.

–Lo primero de todo, Theo me ofreció su dimisión –dijo ella–. Incluso a pesar de que, técnicamente, Jaya ya no estaba trabajando para nosotros cuando empezaron a salir.

–Por lo que tengo entendido, habían pasado veinte minutos, pero bueno. Dimitiré. ¿Has terminado? –dijo Demitri hablando en serio, pero su hermana ignoró su oferta y continuó.

–Segundo, se casó con ella. ¿Tú estás enamorado, Demitri? ¿Vas a sentar la cabeza y formar una familia?

Demitri sintió una fuerte presión en el pecho, como si un puño se hubiera cerrado sobre su corazón. No, no estaba enamorado. ¿Qué clase de emoción era esa? Era algo que había provocado que su madre se quedara con un hombre que empleaba su dependencia afectiva para torturarlos a todos. Natalie era demasiado dulce y especial como para aprovecharse de algo tan repugnante como el amor.

Y en cuanto a la familia, no era más que una obligación y un montón de malos recuerdos. ¿Adara no recordaba de dónde venían? La familia era el motivo por el que él era la oveja negra y el payaso que llamaba la atención, para que no recayera en Theo o en ella.

Un fuerte resentimiento se apoderó de él. ¿Es que ella pensaba que él nunca había deseado ser bueno como ellos? El motivo de todas las cosas estúpidas y extravagantes que había hecho durante su vida era protegerla a ella. Si necesitaba que se lo explicara otra vez, lo haría.

–¿Sabes lo que pasó? –la retó mintiendo, y deseando que se diera cuenta de que era leal a la familia, pero a su manera–. Estaba evitando que otra oportunista tratara de robarte a tu marido. Si quieres despedirme por eso, adelante.

Adara se quedó pálida. Al instante, él se percató de que había metido la pata, golpeándola donde ella se sentía más vulnerable.

Antes de que tuviera la oportunidad de retractarse, se abrió la puerta, obligándolo a dar un paso adelante.

–¿Qué diablos...?

Natalie.

Ella se enfrentó a él mostrando tanto dolor que a él se le formó un nudo en la garganta. Por la expresión de su rostro parecía que estaba destrozada, y él no pudo evitar sentir algo mucho peor que el arrepentimiento. Deseaba escabullirse.

–¿De veras? –preguntó ella.

Él abrió la boca, percatándose de que su hermana estaba asombrada.

Demitri sintió que su cuerpo reaccionaba rápidamente y sabía que Adara notaría que Natalie se había vuelto muy importante para él. Era demasiado para que alguien lo supiera. Incluso Natalie, porque estaba temblando de rabia y asombro, mirándolo con repugnancia como si estuviera cubierto de suciedad.

Él no podía permitir que ella notara el daño que eso le hacía.

–¿Eso fue todo? –preguntó con odio–. A pesar de que te dije que...

–No –protestó él, tratando de agarrarla del brazo.

Natalie le retiró la mano. Deseaba pegarle. Darle un puñetazo y una patada. Tenía el corazón acelerado, el cuerpo ardiendo, los músculos tensos. Estaba segura de que él la había creído cuando ella negó que su intención fuera seducir a Gideon.

–Te dije que no pretendía nada más que... –«tener un buen recuerdo».

No podía continuar hablando.

No debería haber ido pensando que podía darles una explicación. No debería haberse quedado en la puerta escuchando, confiando en oír que él decía que la amaba.

Justo al contrario. Él la despreciaba. Pensaba que ella era una roba maridos y solo se había acostado con ella por obligación familiar.

Natalie agachó la cabeza y empezó a tener náuseas.

Se dio la vuelta y se marchó. Demitri y Adara la llamaron, pero ella escapó y se metió en el primer baño que encontró. Tenía los ojos llenos de lágrimas que no podía contener.

Era una idiota.

Y además perdería su trabajo. Estaba segura. No iban a despedirlo a él. Parecía que ella había intentado ascender en la empresa y que por eso se había liado con él. Y lo peor de todo era que Adara podría creer que su matrimonio se había visto amenazado.

Hombres. ¿Por qué no había aprendido la lección de su padre, que se había marchado, y de Heath, que nunca había estado a su lado? ¿De veras esperaba que Demitri fuera diferente?

Oyó unos pasos acercándose y se metió rápidamente en un aseo. Se abrió la puerta principal y Natalie oyó que entraba una mujer y cerraba la puerta con pestillo.

Por una rendija vio a Adara llamando por el móvil. También vio que su bolso se había quedado junto a uno de los lavabos. ¿Por qué no lo había recogido? Aquello era una pesadilla.

—Soy yo —dijo Adara con tensión en la voz.

Natalie abrió la boca, sin saber qué decir, pero Adara continuó.

—Debería haberte contado por qué he tenido que venir a Lyon. Creo que acabo de despedir a Demitri. O ha dimitido. No estoy segura —lloriqueó—. ¡No, no está bien, Gideon! Me siento fatal.

Natalie apoyó la cabeza entre las manos, preguntándose si aquello podía empeorar. ¡No quería escucharlo!

—¿Recuerdas a Natalie, de Canadá...? ¿Sí? Demitri ha estado saliendo con ella y... Cielos. Tengo que dejarte. No, estoy bien —añadió—, pero Natalie está aquí. He visto tu bolso, Natalie —dijo Adara, antes de continuar hablando con su marido—. Estoy bien, Gideon, en serio. Disgustada. Ahora tengo que hablar con Natalie. Te llamaré dentro de unos minutos.

Se hizo un silencio.

Natalie abrió la puerta y salió.

—Te prometo que no tenía ningún interés en tu marido. Jamás iría tras un hombre casado.

Adara apretó los labios. Tenía los ojos llorosos, pero estaba muy guapa. Con su cabello largo y oscuro y su piel color aceituna. Tenía mucha clase, y Natalie se sentía vulgar al estar en la misma habitación que ella.

Adara abrió un cajón y sacó un neceser de maquillaje y un pañuelo blanco.

—Demitri lo ha dicho para hacerme daño. Quería hacerme daño, por eso lo hizo. Hace muchas cosas exasperantes, pero no suele hacer daño. Aunque últimamente parece que se esfuerza en intentar distanciarse de Theo y de mí –mojó el pañuelo y lo escurrió antes de mirar a Natalie–. No quería decir lo que dije. Estoy disgustada –le dio el pañuelo a Natalie.

Adara insinuaba que si no hubiera sido con Natalie, Demitri habría buscado a otra empleada solo para enemistarse con sus hermanos.

Ella no quería pensar que él pudiera ser tan malo o tan infantil.

Le hubiera gustado pensar que Adara se lo decía para molestarla porque estaba enfadada, pero Adara no estaba enfadada. Miraba a Natalie como suplicándola, y su expresión era tan empática que solo podía significar que se compadecía de Natalie por haberse convertido en un arma dentro del feudo familiar.

Natalie aceptó el pañuelo y comenzó a limpiarse el maquillaje. Adara sacó otro pañuelo del cajón e hizo lo mismo.

–Yo no... –empezó a decir Adara, después silenció el teléfono cuando comenzó a sonar–. Todavía no, Gideon –masculló antes de mirar a Natalie–. Se preocupa. Sobre todo cuando es un asunto familiar.

Después de teclear un mensaje, Adara dejó el teléfono y miró a Natalie como disculpándose.

–Mi experiencia me dice que grabe esto y que hable lo menos posible, pero no puedo hacerlo. Natalie, lo siento.

–¿Por qué? –preguntó Natalie–. Yo sabía dónde me estaba metiendo.

–Lo dudo –contestó Adara con una sonrisa.

Natalie tuvo que mirar a otro lado. Adara tenía razón. Ella había pensado que su aventura con Demitri tenía que ver con el deseo y la atracción mutua. Sin embargo... Un sentimiento de humillación se apoderó de ella.

–No puedo proteger a todas las mujeres de mi hermano –dijo Adara, como si supiera lo que Natalie estaba sufriendo–. Si quiere buscarse chicas para pasar una noche de fiesta, no puedo detenerlo, pero las relaciones con empleadas están completamente prohibidas. Él lo sabe.

–Yo también lo sabía –insistió Natalie–. No esperaba obtener nada de todo esto, solo quería... –trató de encontrar las palabras. Le temblaba la mano y estaba confusa. El miedo, la culpa, el arrepentimiento y la vergüenza se apoderaban de ella–. Liarme con él fue decisión mía. Un error. Yo solo... ¿Me permitirás que presente mi dimisión antes de despedirme para que no figure un despido en mi expediente?

–¡No voy a despedirte! No seas ridícula. Y tampoco vas a dimitir. Si necesitas tiempo, lo organizaré para que regreses a casa antes y, créeme, lo comprenderé. Si quieres tómate unos días mientras se acallan los rumores, pero no se me ocurre a quién podríamos encontrar para sustituirte. Tendremos que hacer algunas declaraciones sobre esto, pero intentaré proteger al máximo tu intimidad. Como empresa no podemos permitir que parezca que lo estamos solapando, sobre todo porque él es familia.

–No era mi intención que sucediera nada de esto –soltó Natalie–. Lo siento.

–Este desastre es de Demitri, no tuyo –la regañó Adara–. Siento que haya pasado, pero no me sorprende... Ojalá él se... –apretó los labios–. No quiero aburrirte con nuestros problemas familiares. Dime, ¿prefieres irte a casa, o enfrentarte a esto?

Natalie deseaba irse a casa, abrazar a su hija y permitir que el amor maternal curara las grietas que el romanticismo había provocado en su corazón, pero el hecho de que todavía tuviera trabajo era un milagro. No podía marcharse y ponerlo en riesgo.

–Si de verdad quieres que me quede, me quedaré.

Demitri estaba bebido. No mucho, pero lo suficiente como para no preocuparse por lo infeliz que era. Se encontraba en el estado perfecto para estar sentado junto a la piscina de un hotel de cinco estrellas de la competencia, en el sur de Francia. No tenía posibilidad de estar en uno de sus hoteles puesto que su hermano había cancelado todas sus tarjetas de acceso y las tarjetas de crédito de la empresa.

Eso fue después de que Gideon, el verdadero jefe de la organización Makricosta, pidiera que lo acompañara fuera del hotel de Lyon. Primero había habido una llamada de teléfono.

–Adara no está segura de si te ha despedido o si has dimitido –le habían dicho Gideon.

Demitri le había dicho lo que podía hacer con su puesto de trabajo, estaba tan furioso por lo que había pasado que estaba dispuesto a cortar toda la relación con Gideon, sus hermanos y la maldita cadena de hoteles.

«¿La quieres?», recordó las palabras de Adara. «¿Vas a casarte con ella?»

Se suponía que iba a ser una simple aventura, no algo que lo agobiaría. Ni por lo que mereciera la pena dejar su trabajo.

En realidad, no le importaba el trabajo. Y tampoco el dinero. Tenía ahorros que casi nunca tocaba. Solo se había metido en el negocio familiar por ellos. Era a Adara a la que de verdad le importaban los hoteles. Demitri no comprendía por qué Theo seguía en la empresa. Al menos a Demitri le gustaba el tipo de trabajo que hacía. Era lo suficientemente competitivo como para asegurarse de que sus campañas y estrategias de mercado eran excepcionales, incluso a pesar de que estuviera tremendamente aburrido del tema. Nadie tenía motivos para cuestionar la calidad de su trabajo. Lo echarían de menos antes que él a ellos.

Y lo comprobó al ver a Theo buscándolo entre la gente desde el otro lado de la piscina.

Demitri sonrió con satisfacción. Sabía que irían a buscarlo.

Al verlo, Theo hizo una mueca y apretó los labios. «¡Oh, cielos! Se avecinaba una buena bronca».

Demitri observó que Theo se abría paso entre las mesas llenas de gente, y que se detenía a hablar con una madre que tenía un bebé en el regazo.

Theo le entregó una tarjeta al hombre, le estrechó la mano y tomó en brazos al bebé. Se dirigió hacia Demitri, y el bebé comenzó a llorar al ver que lo separaban de su madre.

−¿Makricosta va a comenzar con el mercado negro...? −empezó a decir Demitri.

Theo colocó al bebé en su regazo, y Demitri tuvo que dejar su vodka con tónica para poder agarrar al niño y que no se cayera al suelo.

−¿Qué diablos...? −le preguntó a Theo, elevando el tono de voz para superar el volumen de los gritos del pequeño.

−Hazlo callar −le retó Theo.

Demitri se habría puesto en pie para llevar al pequeño junto a su madre, pero estaba demasiado bebido y no se fiaba de sí mismo.

−Habla, Theo −le ordenó.

−¿Es estresante, verdad? ¿Tiene hambre? ¿Hay que cambiarle el pañal?

−Quiere ir con su madre −contestó Demitri−. Llévaselo.

−¿Y qué pasa si su madre está borracha y se ha hinchado a pastillas? –dijo Theo, apoyando la mano en la silla de Demitri mientras mencionaba lo innombrable–. ¿Y si tú fueras una niña pequeña y supieras que si no lo conseguías calmar, tu padre te daría una buena bofetada?

–¿Vamos a hacer esto aquí? ¿Ahora? –preguntó Demitri, recordándose que no debía castigar a un bebé inocente solo porque su hermano lo hacía enfadar. ¿Theo creía que él no lo recordaba? ¿Que él no habría detenido a su padre si hubiera podido? ¿Qué él no lo había intentado de la única manera que le quedaba?

–Lo siento –dijo una mujer, interrumpiéndolos. Era la madre del niño–. No soporto oírlo llorar.

–Está bien. Perfecto –dijo Theo–. Le agradezco que me lo haya prestado. Como les dije, llámenme a mi número personal cuando hayan decidido dónde les gustaría hospedarse. Dos semanas en cualquiera de los hoteles del grupo Makricostá, con todo pagado. Gracias.

–Es un detalle muy generoso para alguien tan tacaño como tú –dijo Demitri, mientras la mujer se alejaba con el bebé.

Theo ignoró sus palabras y dijo:

–Adara está preocupada por ti.

–¿De veras? Curioso, porque la última vez que hablamos parecía más preocupada por la reputación de los hoteles.

–No merece que la castigues con el silencio. Mándale un mensaje y hazle saber que estás vivo.

–Mírame, Theo. Soy un hombre adulto. ¿Por qué no os dedicáis a jugar a papás y mamás con vuestros hijos?

–¿Por qué siempre tienes que dificultar las cosas en lugar de facilitarlas? –murmuró Theo, cruzándose de brazos y negando con la cabeza.

Bien podía haber sido una de las bofetadas de las que Theo había hablado, solo que en esa ocasión, le había caído a él.

«Tienes que ser bueno, Demitri». Sin embargo, ser malo le había servido para aplacar los golpes de su padre.

Demitri siempre se había sentido culpable por conseguir escaquearse, y por ello se había distanciado de sus hermanos. En el fondo siempre había sabido que Theo lo culpaba y que lo odiaba en secreto. Ese era el motivo por el que él no le había hecho todas las preguntas que tenía sobre Nic, temiéndose que la respuesta fuera: «porque tú no eres uno de nosotros».

–¿Qué quieres de mí, Theo? –no estaba dispuesto a suplicar que lo aceptaran. Adara le había dejado muy clara su opinión acerca de su capacidad para colaborar con la familia. ¿Sería que la tolerancia que tenían hacia él dependía de que hiciera lo que le decían?

–¿Quieres que me vaya a mi habitación? Sabes que está muerto, ¿verdad? Esta vez, aunque me quede aquí haciendo lo que me dé la gana, no te van a pegar con el cinturón.

Había ido demasiado lejos. Se fijó en que Theo ponía la misma expresión que había puesto Adara cuando le dijo que Natalie había intentado insinuarse a Gideon.

–Maldita sea, Theo. Has empezado tú...

–No. Tienes razón –Theo pestañeó y lo miró con frialdad–. Haz lo que quieras. Siéntate ahí y bebe como él y compórtate como él y no te preocupes por nadie más. Estaremos mejor sin ti, si esa es tu actitud. Le diré a Adara que está perdiendo el tiempo preocupándose por ti. Estoy preparado para no recibir tus llamadas.

–Pareces un camarero –Demitri comentó cuando su hermano se alejaba, al ver que Theo iba vestido con camisa blanca y pantalones negros.

Sin embargo, no se fiaba de su voz. Agarró la copa con la mano temblorosa y bebió un sorbo, entonces, pensó que iba a vomitar.

Si lo hubiera dejado tranquilo con lo de Natalie...

Él sabía qué era lo que había provocado el caos. Todos pensaban que sabían mucho sobre proteger a otros, pero durante años él había hecho todo lo posible para que sus hermanos no recibieran una paliza.

No obstante, ya no necesitaban que él se corriera grandes juergas. Ellos estaban felices con sus familias. Él solo encontraría un lugar entre ellos bajo sus condiciones.

No se había sentido solo estando con Natalie. Claro que nunca se había considerado dependiente de alguien. Hasta entonces, siempre se había sentido diferente a sus hermanos, y al resto de personas.

Además, él había tenido a Adara y a Theo, y siempre lo habían apoyado, pero ahora se preguntaba qué haría falta para que ellos le dieran la espalda. Ese había sido su temor secreto: perderlos.

Él conocía todos sus altibajos, desde que su padre falleció y Adara encontró a Nic, y lo metió en sus vidas como si él tuviera un lugar en ellas, pero eso solo eran los pasos que lo habían llevado hasta ese momento, en el que sus hermanos no solo ya no lo necesitaban, sino que no lo querían a su lado.

Natalie sí lo había querido. No de la manera en que otras mujeres lo querían. No por su dinero. Quizá por su experiencia en la cama, pero también porque él la había hecho reír.

Ella también lo había hecho reír a él. Además era sensible y considerada, y él deseaba pasar más tiempo con ella.

Se odiaba por haberla herido.

Se presionó el puente de la nariz con los dedos para tratar de calmar la presión que sentía, deseando en vano que alguien solucionara el lío que había creado.

Aunque en esa ocasión nadie iba a aparecer. Él estaba exactamente donde siempre había temido acabar.

Completamente solo.

Capítulo 7

TRAS marcharse de Lyon, Natalie consiguió no tener que ir a ninguno de los hoteles durante más de un mes, gracias a una tormenta de nieve que convirtió la fiesta de Navidad de la empresa en un fracaso.

Los rumores y las miradas habían sido numerosas antes de que se marchara de Francia, pero ella se había enfrentado a ello con la cabeza bien alta y se había concentrado en el proyecto. Adara había conseguido acallar parte de los rumores diciendo que gracias a que Natalie había colaborado con la directiva de forma especial, en un futuro la empresa aseguraría que todos los empleados tuvieran igualdad de oportunidades.

Eso, junto con una declaración acerca de que Demitri había dejado la empresa para centrarse en asuntos de interés propio, había ayudado a que todo estuviera olvidado cuando Natalie tuvo que asistir a la reunión trimestral en la sede de Montreal.

La reunión siempre tenía lugar el segundo miércoles del primer mes del trimestre. Por las mañanas había reuniones con los directivos de cada departamento, después ofrecían una comida y luego se celebraba la presentación de informes y diapositivas. Theo participaba mediante webcam, respondiendo preguntas antes de cederle la palabra a la directora del departamento de Tecnología, que siempre cerraba con una exitosa sesión de tormenta de ideas basada en lo que se había expuesto por la mañana.

Se encontraban en medio de las presentaciones cuando un botones entró en la sala para darle un mensaje a Natalie.

Su coche la estará esperando en la entrada principal. A las cuatro y cuarto.

¿Qué coche? Ella no tuvo oportunidad de preguntarlo y no le quedó más remedio que dirigirse a la entrada del hotel cuando terminó la última presentación. Las ventanas de la limusina estaban tintadas y el chófer se adelantó al botones para abrir la puerta trasera del vehículo.

Natalie vio unas piernas masculinas en el asiento, cubiertas por unos vaqueros negros y botas de motorista. Se agachó y vio a Demitri, levantando la vista de su tableta. Su barba incipiente ensombrecía su mentón y su aspecto era el de un hombre disoluto. Su cabello necesitaba un corte, y parecía alborotado por sus propios dedos. Ella no pudo evitar pensar en la de veces que se lo había alborotado con las manos.

Notó que se le aceleraba el corazón y sintió un vacío en el pecho.

—No —dijo ella, y se enderezó para mirar a chófer con una sonrisa forzada—. No.

Era la única palabra que podía articular. Empezaban a temblarle las piernas.

—Sube al coche, Natalie. O saldré yo —la amenazó Demitri con un implacable susurro.

Miró a su alrededor con nerviosismo, preocupada por los posibles comentarios de los porteros y de sus colegas de departamento que en esos momentos salían del hotel para dirigirse a la estación. Estaba segura de que, al verla junto a la limusina, se preguntarían cómo era posible que pudiera pagarse un vehículo privado.

Lo que menos necesitaba era que los rumores sobre ella comenzaran de nuevo.

Se agachó para hablar con Demitri y dijo:

—Tengo mi propio coche.

—Me dijiste que en invierno tomas el autobús a la ciudad para poder leer, y no tener que preocuparte por el estado de la calzada —dejo la tablet en el asiento de enfrente—. ¿Quieres que salga y te recuerde las otras cosas que compartiste conmigo?

Ella entornó los ojos y lo fulminó con la mirada.

Él agarró la manija de la puerta y se movió.

—Tengo cosas que hacer —dijo ella—. Recoger a mi hija y darle la cena.

—Te llevaré donde tú quieras, pero necesito hablar contigo.

«¿Sobre qué?», pensó ella.

Suponía que no lo descubriría a menos que se subiera al coche.

Dejó la funda del ordenador al lado de Demitri y se sentó enfrente, lo más alejada posible de él.

Natalie le dio la dirección al chófer y él cerró la puerta. La mampara de privacidad ya estaba subida y, segundos más tarde, el coche se incorporó al tráfico de la calle.

Natalie se cruzó de brazos y miró por la ventana.

—Alguien me dijo una vez que solo los hombres de los bajos fondos recogían mujeres de las aceras. Supongo que sabía de qué hablaba.

Hizo una pausa, pero se negó a mirarlo. Era probable que él se estuviera riendo de ella. Y del tipo de trato que había aceptado de los hombres.

—Tienes buen aspecto, Natalie —dijo él.

Ella resopló, porque esa misma mañana se había visto muy demacrada. Zoey había estado enferma esa semana y, aunque ya había vuelto al colegio, Natalie todavía sufría falta de sueño. Además, se estaba mareando por ir de espaldas en el coche.

Sin dar ninguna explicación, se cambió de asiento y

se subió el cuello del abrigo antes de continuar mirando por la ventana. Había nevado y la ciudad estaba cubierta de un manto blanco.

—Estaba enfadado con mi hermana y busqué la manera más rápida de callarla —dijo Demitri—. Ese es el único motivo por el que comenté que ibas detrás de Gideon. No hablaba en serio.

Si se suponía que aquello era una disculpa, se había olvidado de la palabra más importante.

—Podía haberme despedido —le tembló la voz, pero confió en que él no se hubiera dado cuenta—. Necesito mi trabajo, Demitri. Tengo una hipoteca y una niña a la que alimentar —¿acaso pensaba que ella no había pasado noches enteras manteniendo esa conversación en su cabeza, echándole la bronca y diciéndole lo cretino que era?

Sin embargo, cuando se sentó a su lado y percibió su aroma masculino acentuado por al loción de afeitar que empleaba y el café que tenía en la mesilla, no pudo evitar recordar cómo esos aromas las habían acompañado en la cama, impregnando las sábanas y su piel. Natalie no pudo evitar cerrar los ojos para saborear el recuerdo.

—Soy afortunada porque no te ha tomado en serio —murmuró—. Y tu verdadera motivación es horrible, así que da igual, Demitri.

—¿Qué quieres decir? —preguntó él.

—Adara me contó que estabas buscando la manera de enfrentarte con ella y con Theo —comentó ella tratando de aparentar que solo le parecía algo incómodo, y no devastador—. Que probablemente te habrías acostado con cualquier empleada solo para hacerlos enfadar —le resultó muy difícil hablar. Se sentía triste e insultada. Muy dolida.

—¿Ella dijo eso? —su tono se llenó de ira—. Mírame —le ordenó, y ella volvió la cabeza—. Eso te lo dijo a ti

–confirmó él, mirándola a los ojos con agresividad. Estaba furioso.

Y era desconcertante. Un poco alarmante e incluso alentador, puesto que parecía muy ofendido.

Tratando de tranquilizarse, ella alzó la barbilla y trató de aparentar estar tan poco afectada como deseaba.

–¿Quieres decir que estaba equivocada? ¿No me utilizaste? –preguntó, preparándose para oír la verdad.

–No. No te utilicé –miró hacia delante–. Quizá podría imaginar por qué pensaría tal cosa, pero decir algo así... Está fuera de lugar, Nat. Estoy muy enfadado con ella por eso.

Natalie soltó una carcajada.

–¿Por qué? Dijiste algo horrible y ella también.

–No te lo dije a la cara. No hablaba en serio –soltó él, con fuego en la mirada.

Recordar ese día resultaba tan doloroso que Natalie apenas podía soportarlo.

–Adara no quería hacerme daño –murmuró–. Fue mucho más amable conmigo de lo que merecía, teniendo en cuenta lo que había hecho. Lo que hicimos –añadió, y respiró hondo–. Nunca deberíamos haber... –gesticuló con la mano–. Esto tampoco debería estar pasando. No tiene sentido. ¿Para qué has venido?

Demitri observó a Natalie unos instantes. No le gustaba verla tan infeliz. Había empezado a pensar que no iba a aparecer e incluso ya había buscado la dirección de su casa en Internet, cuando se abrió la puerta y oyó la voz de ella despidiéndose de una colega.

El desinterés que lo había invadido durante las últimas semanas desapareció de golpe. Todo su cuerpo se puso en alerta y activó su sentido del olfato para detectar el aroma que ella desprendía. Por un momento solo vio su torso y sus piernas. Sus muslos flexibles. Y los senos redondeados con los que a él le gustaba jugar y adoraba acariciar.

Entonces, ella se agachó para mirar dentro del coche y su expresión de curiosidad fue rápidamente reemplazada por una de rechazo. *No.*

Era una palabra que él no había oído a menudo en su vida.

Suspiró. Días antes se le había ocurrido que puesto que se estaban celebrando las jornadas de la empresa en Montreal, había muchas posibilidades de que Natalie se encontrara ese día en la sala de conferencias. Él no había conseguido olvidarla, y nunca había sido el tipo de hombre que se quedaba sentado cuando podía actuar de otra manera, así que...

–Sabiendo que pensabas... Bueno, lo que yo pensaba que tú pensabas acerca de mis motivos para acostarme contigo... Yo me he sentido... –de pronto, el sentimiento de culpabilidad y de arrepentimiento se instaló de nuevo en su pecho–. He sentido. Sin más. Yo no suelo ser consciente de mis sentimientos, pero el hecho de haberte hecho daño pesa sobre mi conciencia.

Demitri permitió que ella viera que estaba arrepentido.

Al ver que le temblaban los labios, Natalie los apretó con fuerza y miró a otro lado.

–Disculpa aceptada, por muy vaga que sea –dijo al fin.

–Raramente pido disculpas. No se puede pretender que hacerlo se me dé bien –contestó. Aquella conversación no le estaba aliviando su confusión.

–Lo siento –repuso ella, mirándolo de nuevo–. No me gustan los conflictos ni los malos sentimientos. Hablo en serio. Disculpa aceptada. No imaginabas que te podía oír, ni querías decir lo que dijiste. Adara estaba equivocada. Lo que hubo entre nosotros fue solo... lo que fuera.

–Fue muy bueno, Natalie –le acarició la mano que ella tenía sobre el asiento–. Y lo sabes.

Tan bueno que él no había sido capaz de estar con otras mujeres desde entonces.

Ella lo miró como si fuera capaz de leer su pensamiento y retiró la mano.

–Oh, no. El puesto de jovencito inmaduro ya está ocupado en mi vida, Demitri.

–Eso ha sido cruel –dijo Demitri.

–¿De veras crees que podemos retomarlo donde lo dejamos? ¿Te has olvidado de que tengo una hija? Ella es el motivo por el que tú lo dejaste todo.

Él apretó los dientes. Gracias a la negación había conseguido no pensar en que Natalie tenía una hija mientras viajaba a Montreal desde Nueva York. No pretendía actuar como si la niña no existiera, pero cada vez que intentaba imaginar cómo encajar en su vida a la hija de Natalie, le venía a la cabeza el comentario despreciativo que Adara había hecho sobre su capacidad de ser un hombre dedicado a la familia. Si su propia hermana no consideraba que fuera capaz...

Entonces, las palabras de Theo resonaron en su cabeza: «actúa como él».

El comentario todavía le dolía. Él jamás haría daño a un niño, y no era eso lo que Theo sugería. No, se refería a que en Demitri prevalecía el orgullo y la superioridad, frente a la empatía y el cuidado.

Y Demitri no podía objetar. No estaba seguro de si tenía algo significativo que ofrecer a un niño.

No obstante, deseaba a Natalie. Así que estaba dispuesto a intentarlo, o mejor aún, a mantenerse alejado para no provocarle ningún sufrimiento emocional a la niña.

–Sé que ella es tu prioridad –dijo él–, pero supongo que tendrás alguna noche libre. ¿Como cuando se va con su padre?

Natalie lo miró con brillo en los ojos.

–¿Así que eso es lo que sugieres? –miró al suelo–.

Que en lugar de hacerlo a escondidas de tu familia, nos escondamos de la mía.

–Hablas como si fuera... No. Mira, comprendo por qué las madres y padres solteros no quieran tener a sus parejas ocasionales entrando y saliendo de la vida de sus hijos. Si quieres que la conozca, lo haré. Quiero verte, Natalie. He dejado de trabajar en Makricosta. No hay motivo para que no podamos salir juntos.

–El sexo no fue tan bueno, Demitri. Búscate a otra.

Él tuvo que contenerse para no estallar.

–¿Necesitas que te lo recuerde? –la retó.

Natalie lo miró indefensa, no como la primera noche que él la llevó a su habitación.

Demitri recordaba cada detalle de todos los encuentros que había tenido con ella. ¿Y Natalie lo consideraría normal?

Ella alzó la barbilla como a la defensiva, pero su expresión era de vulnerabilidad. Intentaba resistirse a él y le resultaba difícil. Si él tuviera valores morales, la protegería del donjuán que había en él.

«Maldita sea», estaba desesperado por besarla y demostrarle que...

Apoyó el pie contra el asiento de enfrente, echó la cabeza hacia atrás y resopló. ¿Desde cuándo mostraba piedad o preocupación? ¿Desde cuándo se comunicaba con palabras y no con acciones?

–Me doy cuenta de que marcharme aquella noche, cuando recibiste su llamada, fue ofensivo –dijo él, buscando las palabras adecuadas–. Desde ese día me arrepiento de no haberme quedado para intentar llegar a un acuerdo. Quiero seguir viéndote, Natalie. Me gusta lo que tuvimos. Me dijiste que tú tampoco quieres volver a casarte. ¿Era mentira?

–No –admitió ella–. Ya tengo mi propia versión de eso –miró hacia la calle donde la limusina había reducido la velocidad.

Era un vecindario que estaba cerca del centro de la ciudad. Con casas antiguas reformadas, árboles viejos y bastante lujoso.

–Exactamente, ¿cuánto te paga mi hermano? –preguntó él.

Ella se rio avergonzada.

–Mi abuelo era arquitecto. Él construyó la casa y mi madre la heredó, después me tocó a mí. Con la hipoteca pagué el tejado nuevo y otras reformas. También los impuestos, pero la casa estaba pagada desde hacía años.

La limusina se detuvo frente a la casa. Él se inclinó para mirar el edificio de dos plantas y los escalones que subían al porche.

–Invítame a pasar para conocerla –dijo él, mientras el chófer rodeaba el vehículo para abrirle la puerta a Natalie.

Ella negó con la cabeza y miró hacia la ventana trasera de la limusina. Él se fijó en dos niñas que estaban al otro lado de la calle, subidas a un montículo de nieve para mirar la limusina.

–Zoey ha venido a casa con la mamá de una amiga, pero tendrá hambre y querrá cenar.

Inexplicablemente, él estuvo a punto de insistir en que le presentara a su hija, pero se fijó en que la expresión de sus ojos era negación.

–¿Cuándo podemos cenar? ¿El viernes? –preguntó él.

–No sé a dónde podemos llegar con esto.

¿No?, deseó preguntar él, pero se contuvo para no darle un beso y demostrárselo.

Ella lo miró con una mezcla de nostalgia y sufrimiento. Después, miró de nuevo hacia la ventana trasera.

–Tengo que irme –insistió, y agarró la manija de la puerta.

En ese momento, el chófer abrió la puerta.

–El viernes –dijo Demitri, ayudándola a recoger sus cosas–. Estaré aquí a las seis.

–Yo... –su atención estaba dividida entre él y la niña que estaba al otro lado de la calle–. Me encontraré contigo en la ciudad –repuso Natalie.

A pesar de que sentía ganas de gritar de triunfo, Demitri negó con la cabeza.

–Ya sabes lo que pienso acerca de eso. Vendré aquí.

Natalie podía haber protestado, pero Zoey la interrumpió con un:

–¡Mamá!

Ella se enderezó y le pidió al chófer que cerrara la puerta.

–¡Para y mira si vienen coches! ¿No vienen? Entonces, puedes cruzar.

Momentos más tarde, una niña le dio un gran abrazo y sonrió a Natalie. Su perfil era parecido al de su madre. Él no había imaginado que sería parecida a ella, ni que tendría el mismo brillo de optimismo que le gustaba tanto de Natalie.

–¿Por qué has venido a casa en este coche tan grande? –preguntó la pequeña–. ¿Puedo verlo por dentro?

–Me ha traído un amigo. ¿Qué tal el colegio? –Natalie guio a la niña hasta los escalones.

La hija de Natalie se detuvo para ver cómo la limusina empezaba a arrancar. Después, saludó con la mano, pero Natalie se quedó mirando, mordiéndose el labio inferior y con cara de preocupación.

Llegar a casa y encontrarse a Zoey en el jardín de la vecina impidió que Natalie pudiera asimilar todo lo que Demitri le había dicho. Ella se repetía una y otra vez que no importaba que él no hubiera tenido intención de herirla. O que, según él, no la hubiera utilizado. Él opinaba que lo que habían compartido era bueno.

Aun así, él no quería una relación de futuro. No quería nada más que una relación casual como la que habían tenido en París. De hecho, quería menos que eso, puesto que vivía en Nueva York. ¿Cómo podrían tener una aventura así? Desde luego ella no podía rebajarse tanto como para aceptar algo así.

No obstante, cuando él le recordó que ella había dicho que no buscaba el matrimonio o más hijos, una ansia inesperada de algo se había apoderado de ella. No, no se atrevería a preguntar por el paquete completo. Al final, por soñar demasiado había resultado herida en Lyon. Sin embargo, era maravilloso tener a alguien que le dijera lo guapa que estaba, y que la acariciara, antes de besarla de manera apasionada.

Oh, ella sabía muy bien lo que había sucedido. El tren del encanto había entrado en la estación y ella estaba tentada de subirse a él, olvidándose de que una vez la habían echado de él.

El jueves estuvo nerviosa todo el día, y el viernes se lo pasó inventando excusas. Llegó incluso a escribirlas en el teléfono, pero nunca apretó el botón de «enviar».

Tengo que trabajar hasta tarde.
Estaré en la ciudad de todas maneras.
Estoy enferma
Zoey está enferma.

Zoey había ido a pasar el fin de semana en casa de su abuela. Una parte de Natalie quería estar disponible para lo que Demitri propusiera, pero una vez que había terminado la jornada laboral y estaba frente a la ropa de su armario, no le quedó más remedio que preguntarse qué diablos pensaba que estaba haciendo.

Se había acostumbrado a estar soltera después de romper con Heath. Demitri había despertado en ella un montón de esperanzas mientras estuvieron en Francia, pero

ella las había anulado porque eran demasiado difíciles, sobre todo porque él era el protagonista. Sería mucho mejor
si él desapareciera de golpe, tal y como había aparecido.

Y eso era lo que iba a decirle durante la cena.

Entonces, él apareció con un aspecto muy sexy y
masculino, vestido con un jersey de cuello alto color
crema y una chaqueta de color marrón oscura. Además
le había llevado flores y una botella de vino, con lo que
estuvo a punto de acabar con las pocas defensas que le
quedaban a ella.

—¿No has traído bombones? —bromeó ella, tratando
de no derretirse al verlo.

Él miró las cosas que llevaba en las manos, sorprendido.

—Están en la limusina.

—¡No puede ser! —soltó una carcajada—. Estaba bromeando.

Él la miró provocando que se avergonzara y sonrió.

—Esa risa me cautiva cada vez que la oigo —comentó
él con un tono muy íntimo—. Enseguida vuelvo —le entregó el ramo y la botella de vino y se marchó.

Ella hizo lo único sensato que podía hacer. Se dirigió
a la cocina para poner las flores en agua y aparentar estar ocupada cuando él regresara, y que no la pillara
completamente desarmada.

Demitri regresó con algunos copos de nieve en la cabeza, y dejó una caja de madera en la cocina.

Ella miró asombrada el estampado dorado en relieve
donde ponía el nombre de la tienda. En Suiza, Demitri
había comprado un par de trufas en esa pastelería de de-
licatessen y le habían cobrado mucho dinero por ellas.
Comerse una de ellas fue una gran experiencia. ¿Y le
había llevado una caja entera?

Él se quitó la chaqueta y la colgó sobre el respaldo
de la silla. Agarró la botella de vino y comenzó a qui-
tarle el precinto.

–Estás preciosa.

–Lo compré en Lyon –contestó ella, refiriéndose al vestido. Lo había encontrado durante una de esas excursiones en las que había salido del hotel para evitar las miradas especulativas. «¿Recuerdas lo que pasó?», se regañó.

El vestido era de punto grueso y le llegaba justo por encima de las rodillas. El color de la lana tenía toques verdes y dorados. Lo había conjuntado con una bufanda dorada y un cinturón estrecho y unas botas altas.

Por la manera en que él la miraba de arriba abajo, parecía que fuera en bikini.

–El chófer estás esperando, ¿verdad? –se aventuró a decir ella mientras él abría un cajón en busca de un sacacorchos.

–Le pago muy bien para hacer exactamente eso.

Por supuesto. Natalie cortó los tallos de las flores y las colocó en un jarrón lleno de agua.

–Si no te importa, me gustaría saber... Anunciaron que habías dejado Makricosta. ¿Te despidieron por mi culpa?

–No, lo hice todo yo solito –le aseguró, mientras ella le señalaba el cajón adecuado–. De hecho, llevaba un tiempo queriendo marcharme, pero no me sentía bien haciéndolo –dejó dos copas sobre la mesa–. Estoy empezando mi nueva empresa, para poder elegir los trabajos que me interesan. Así que ahora estoy desempleado, pero he venido para pedir que me acoja un viejo amor, si es lo que estás pensando.

–¿No debo sentirme culpable por cómo saliste de la empresa? ¿Adara y tú os habéis arreglado?

–No –dijo él–. No debes sentirte culpable. Llevaba pensando en marcharme hace mucho tiempo, y no, mi familia no me habla de momento –sirvió el vino y le ofreció una copa–. Yo también estoy enfadado con ellos, así que el silencio es algo mutuo.

Ella se secó las manos y aceptó la copa de vino, mirándolo con preocupación.

–Demitri... ¿Qué es lo que te genera tanta aversión a la familia? ¿Qué ha pasado con la tuya? ¿Por qué estás tan enfadado? –pensaba que iba a rechazar su pregunta.

–Me ocultaron una cosa –contestó–. Hasta hace unos años, no sabía que yo... que nosotros... teníamos un hermano mayor. Un medio hermano –miró la copa de vino–. Nic Marcussen.

–Nic... ¿Nic Marcussen? ¿El hombre que posee la mitad de las revistas del mundo y los canales de noticias?

–Sí –bebió un sorbo, pestañeando para contener sus emociones.

–Ese es un hermano secreto muy importante.

–¿Verdad?

–¿Por qué no te lo dijeron?

–No lo sé. Ha vuelto a nuestras vidas y no sé qué diablos debo hacer, así que mantengo la distancia –dejó la copa y llevó las manos a los bolsillos–. Al parecer Adara piensa que deberíamos vernos todos en una reunión familiar. Yo me he estado resistiendo, buscando otras obligaciones, y eso la molesta. Por eso cree que yo te estaba utilizando para molestar a Theo y a ella, pero yo no soy tan crío. Simplemente no quiero saber nada de ellos.

No todas las familias estaban tan unidas como ella había estado con su madre y su hermano. Ella lo sabía, pero sentía lastima por él y sus hermanos. Y el hecho de que le hubieran ocultado un secreto tan grande era un misterio que ella deseaba investigar, pero él cambió de tema.

–Enséñame la casa. ¿El suelo es de madera de arce?

Por suerte, Natalie sabía captar las indirectas. Lo llevó al piso de arriba para que viera los tres dormitorios.

–Cama grande –comentó él al ver el colchón, pensando que con eso bastaría.

–Porque mi hija se mete a veces –dijo ella, mirándolo con una sonrisa como diciendo «ni lo sueñes».

Él estaba pensando en ello. Por supuesto. El vestido que llevaba Natalie se pegaba a las curvas de su cuerpo, a la vez que se las ocultaba. Él se estaba volviendo loco y deseaba acariciarlo.

Permitió que la llevara al cuarto de su hija. La decoración era de princesas y estaba lleno de peluches. Después, al otro dormitorio convertido en despacho.

–El comedor está hecho un desastre. Me ha dado por hacer libros de fotos a base de recortes –encendió la luz, pero permaneció en la puerta como si prefiriera que él no entrara.

–¿Sabes que ahora puedes hacer eso por ordenador? –pasó junto a ella y le rozó el brazo, disfrutando de cómo se sobresaltaba ella al notar su caricia.

–Me paso el día delante de ordenadores. Me gusta hacer algo real. No mires. Te dedicas a las campañas de Marketing. Nunca llegaré a la altura –protestó, y agarró un pedazo de papel arrugado.

La mesa estaba llena de papeles de colores, botones, lazos y pegatinas de bisutería.

–Tienes buen ojo para la composición –dijo él, con sinceridad mientras miraba un collage de fotos en blanco y negro de sus abuelos que ella había decorado con un borde de plata sobre una hoja de color verde.

–Al menos hago algo con todas las cajas de fotografías que tenía mi madre.

Él se fijó en la foto de la portada de un libro que ya había terminado y en la que aparecía un bebé en una incubadora. Los colores de la foto indicaban que era real, y no una copia digitalizada. Antigua. Él acercó el libro y leyó:

–Gareth. ¿Tu hermano?

–Sí, es... Quería que Zoey tuviera algo que pudiera guardar para que lo recordase.

Él notó que ella no se sentía cómoda dejándolo mirar el libro, pero no pudo resistirse a pasar las páginas, admirando el cuidado con el que había diseñado cada página, pero atrapado por la historia que ella le contaba.

Natalie le había dicho que su padre se había marchado y que su hermano se había pasado la vida en el hospital. Su madre, una mujer de sonrisa cansada, solía estar detrás de la cámara en lugar de delante, capturando la imagen de su hijo de bajo peso y de su, completamente entregada, hermana mayor. Cuando era pequeño, Natalie lo abrazaba y lo mimaba. Después, le hacía cosas terribles en el pelo, con horquillas y lazos, y se sentaba con él delante de los bloques de construcción, y más tarde, a su lado frente a una pantalla de ordenador.

Demitri estaba seguro de que así fue como había comenzado su interés por la informática. No podía jugar a la pelota con su hermano, así que había tenido que retarlo con videojuegos.

–Me contaste que tu hermano había muerto, pero no sabía que había estado enfermo toda la vida. ¿Qué tenía?

–Una enfermedad congénita de corazón, pero había otros problemas asociados.

–Era... –notó que ella se mostraba esquiva–. No quieres hablar del tema. ¿Resulta demasiado doloroso?

Ella asintió.

–No me importa hablar de él, pero durante mucho tiempo su enfermedad ocupaba toda mi vida... Suena terrible, como si me arrepintiera. Toda mi infancia giró en torno a sus citas médicas, operaciones y recuperaciones y a la falta de futuro. Todo lo que había que decir sobre su estado se dijo mientras estaba vivo. Ahora lo único importante es que yo lo quería.

Acarició su imagen y sonrió con valentía, provocando que él se conmoviera.

–Oh, Nat –murmuró él, acariciándole el cabello y apoyando la barbilla sobre su cabeza–. Y después, perdiste a tu madre.

–Ella estaba muy cansada –dijo Natalie, con pena en la voz–. Luchaba por Gareth cada día. Lo ayudaba a seguir luchando, a pesar de que no le habían dado más de dos o tres años de vida. Si había algún tratamiento o cirugía que no hubieran probado, ella conseguía que lo hicieran. Después, él murió y yo me casé. Creo que ella pensó que ya podía descansar. No tenía que preocuparse más por ninguno de los dos. Yo me marché con Heath a la granja de su madre justo después de que naciera Zoey, y mi madre pilló la gripe.

Natalie se retiró de su lado y se secó las lágrimas de los ojos.

–Ya había ido a bastantes hospitales –cerró el libro de Gareth y lo dejó a un lado–. Ni siquiera fue al médico. Cuando volví a casa conseguí ingresarla, pero tenía neumonía y acabó con ella.

Y el marido de Natalie no había ido al funeral.

–Lo siento de veras, Natalie.

Ella se encogió de hombros.

–Ahora está con Gareth. Deberíamos irnos, ¿no?

Era evidente que ella necesitaba tiempo para recuperarse igual que le había pasado a él después de hablar de Nic.

Demitri no quería marcharse. Deseaba abrazarla de nuevo.

Ambos necesitaban recuperarse después de haber hurgado en ciertos temas que a él todavía le sorprendía que hubieran hablado. Y si seguían hablando la conversación llegaría a un nivel demasiado profundo. Y ya no habría vuelta atrás.

–Buena idea –convino él, siguiéndola hasta la puerta

y observando cómo se abrochaba las botas altas de tacón.

Después, le sujetó el abrigo e inhaló el aroma a vai-
nilla que desprendía su cabello. De pronto, se relajó.
Pensó en retirarle sus mechones dorados y besarle la
nuca y sonrió.

Ella permaneció quieta, y él levantó la vista para mirar su imagen en el espejo. Él estaba detrás y a la dere-
cha, igual que sus abuelos en la foto. No sabía si ella
había percibido su expresión de deseo, o la similitud
con la foto antigua, pero grabó en su memoria el momento en que ambos se miraron con sinceridad. Ella
con la expresión nublada por la emoción, él con expresión de afecto.

Le sorprendía que, anteriormente, nunca la habría
animado a que compartiera los detalles de sus mayores
sufrimientos, pero no le gustaba verla sufrir. Quería saber qué era lo que le hacía daño para poder ayudarla a
llevar parte de la carga.

Inquieto, miró a otro lado, notando que ella se reti-
raba de su lado al mismo tiempo.

Natalie estaba haciendo que cambiara. Él no comprendía cómo ni por qué, pero lo había notado después
de separarse de ella, una vez en Nueva York, incapaz
de pensar en otra cosa.

En el coche, él la miró en silencio y preguntó:

–¿Tuviste que cuidar mucho de tu hermano?

–Sí –dijo ella–, cuando mi madre se iba a trabajar. Tres
noches a la semana y todos los fines de semana. Alguien
tenía que asegurarse de que se tomara la medicación, y de
controlarle la temperatura y el pulso cuando se estaba re-
cuperando de una operación. Mi madre tenía que ocu-
parse de tantas cosas que yo cocinaba y hacía muchas ta-
reas del hogar. Después tenía que cuidar de Heath y de
Zoey también. Todavía tengo que recordarle a mi ex que
tiene que pagar el alquiler. Siempre me he sentido respon-

sable de alguien. Por eso quería tomarme unas vacaciones
–admitió con una vocecita–. En Francia.

Él podía ayudarla a llevar parte de la carga.

–¿Cuántos años tenías cuando empezó todo? ¿Cuándo
comenzaste a comportarte como una madre con tu hermano?

–No lo sé. Supongo que cuando mi padre se marchó.
¿Con siete años? Gareth tendría unos tres.

–Adara era más pequeña cuando empezó a cuidar de
mí. Tenía cinco o seis años.

Natalie volvió la cabeza y preguntó con sorpresa:

–¿De veras? ¿Dónde estaba tu madre? ¿Trabajando?

–Inconsciente –todavía recordaba su cuerpo inmóvil
en la cama. Y cuando Theo lo llamaba para decirle que
se había muerto, él tenía que contenerse para no preguntar: «¿Esta vez estás seguro?», porque en numerosas
ocasiones había pensado que ya estaba muerta–. Le
gustaba tomarse las pastillas con vodka. A mi padre
también le gustaba beber –comentó. Después, cerró los
ojos y recordó el día que había hablado con Theo en la
piscina–. Él se ponía violento cuando había bebido. Si
Adara no conseguía que yo dejara de llorar, le daba una
paliza. Si Theo fallaba, mi padre le pegaba con un cinturón.

–Oh, cielos –Natalie se cubrió la boca con la mano.

Él la miró un instante, pero fue incapaz de mante-
nérsela.

¿Por qué se había portado tan mal con Theo? Había
sido cruel, y no lo culpaba por no haber contestado la
llamada que le hizo para tratar de solucionar las cosas.
La verdad era que no comprendía por qué su hermano
no lo había rechazado en el momento que sucedió.

Demitri nunca pensaba en su infancia. Nunca. Sin embargo, ese día se obligó a recordar el incidente y se sintió
culpable. Se había marchado de su habitación, aunque
Theo había intentado detenerlo, pero Demitri estaba de-

cidido a encontrar a Adara. No a su madre. A su hermana. Porque Adara era en quien él confiaba. Había sido lo más cercano a una madre que él había tenido puesto que la suya había sido un completo desastre que rara vez salía de su habitación.

Y Theo había recibido un castigo por lo que él había hecho.

¿Quién podía hacerle eso a un niño? ¿Por qué nadie había llamado a servicios sociales?

¿Por qué no le habían pegado a él?

Lágrimas de rabia inundaron su mirada y él tuvo que mirar hacia la ventana y recordarse que era tres años menor que Theo. Y que entonces, Theo solo tenía ocho. En realidad él no sabía lo que hacía. Apenas había comprendido lo que estaba pasando cuando Theo había gritado en el despacho de su padre. Fue más tarde cuando Adara le había suplicado: «Tienes que portarte bien, Demitri», cuando empezó a comprender que, por su culpa, Theo tenía aquellas marcas en la espalda, que luego se convirtieron en cicatrices.

Y a pesar de que Adara se lo había suplicado, él nunca había sido bueno. Y no creía que llegara a serlo.

Capítulo 8

Y TÚ? –preguntó Natalie con nerviosismo. Necesitaba saberlo, pero estaba segura de que no podría soportar lo que escuchara.

Demitri negó con la cabeza.

–Él me quería. Quiero decir, le encantaba provocar a Theo y a Adara con pequeñas cosas. «Demitri ha conseguido un trofeo hoy. Theo, ¿tú qué has conseguido? ¿Has dado de comer a tu hermano, Adara? ¿Por qué estás comiendo si él no ha comido?»

Natalie no se podía mover. No podía creer que alguien pudiera torturar a los niños de esa manera.

–Es terrible –consiguió decir.

–Es asqueroso –suspiró él, soltando la rabia que llevaba acumulada desde hacía años–. Yo intenté que me pegara a mí. Le abollé el coche y me bebí sus bebidas. Me escapé del colegio y rompí una ventana. Él era el único que estaba en casa ese día, y ni siquiera era la hora de comer y ya se había bebido media botella. ¿Sabes lo que me dijo? «Llama a Theo. Dile que venga a casa a arreglarlo». Es una locura, ¿verdad?

La miró por fin, y sus ojos brillaban de ira. Resultaba que al hombre que era en realidad sí le importaban las cosas. Y mucho.

–Demitri, lo siento muchísimo –fue lo único que Natalie consiguió decir.

El coche se detuvo.

–No debería habértelo contado.

Ella le agarró la mano.

–Está bien –tenía la sensación de que nunca se lo había contado a nadie–. ¿Nadie lo denunció?

Él negó con la cabeza y le agarró la mano con fuerza. Era como si se estuviera agarrando a un salvavidas para no ahogarse.

–Teníamos dinero. El privilegio de los ricos incluye el que nadie cuestione tus actos. Yo lo he aprendido. Aunque dejes marcas a tus hijos, no te pasa nada. Recuerdo un día que estaba esperando a Adara en el colegio. Su profesora le dijo que podía quedarse en clase todo el tiempo que quisiera, pero Adara le dijo que era mejor si llegaba a casa a tiempo. Los profesores lo sabían. Y no hicieron nada.

–¿Nunca pensaste en denunciarlo tú?

–Cuando me di cuenta de que podía hacerlo, había encontrado mi propia manera de lidiar con ello. Cuando mi padre iba por Adara, yo tiraba la leche. En lugar de pegarle, le decía que fregara. Después, nos hicimos adolescentes y Theo era tan grande que mi padre comenzó a maltratarlo psicológicamente. Nunca dejó de hacerlo. ¡Y ellos tragaban! Yo me volvía loco –le apretaba la mano con tanta fuerza que le hacía daño–. Yo les decía:« decidle que no», pero Theo ni me escuchaba. Él seguía haciendo lo que le habían dicho que hiciera. ¡Estudió contabilidad! Y debería haber estudiado ingeniería aeronáutica.

Natalie apenas podía creer lo que estaba oyendo. Había tenido una infancia triste y frustrante con la enfermedad de su hermano, pero aparte de sentir rencor hacia su padre por haberse marchado, se había criado con amor. Mucho amor.

No sabía cómo alguien podía vivir con algo tan doloroso. No le extrañaba que los Makricosta fueran personas tan distantes.

–Y nunca me han odiado, daba igual lo mal que se pusieran las cosas para ellos. Daba igual lo que hiciera. Me acosté con la novia de Theo, ¡por favor! –la miró. Su rostro estaba medio iluminado por las luces de neón de la calle, provocando que tuviera un aspecto satánico mientras prácticamente insistía en que ella lo denigrara por sus actos.

—¿Con Jaya?

—No. Antes de ella. Una mujer que mi padre eligió. Yo sabía que Theo no quería casarse con ella y le pregunté por qué no se marchaba. Tenía veinte años. Yo no podía comprender por qué todavía permitía que nuestro padre dirigiera su vida, y Theo me dijo: si no me caso, tendrá que casarse Adara. Ya conocíamos la clase de neandertal con la que mi padre pretendía casarla. Ella seguía esforzándose para hacer que pareciéramos una familia unida. Yo comprendía por qué Theo estaba dispuesto a hacer el sacrificio, pero no podía permitir que lo hiciera. Así que me acosté con su novia y después se separaron. Entonces, Adara se casó con Gideon y, sinceramente, no comprendo por qué Theo se quedó por allí. Quizá para asegurarse de que Gideon la tratara bien.

—Podrías intentar preguntárselo —sugirió ella.

Él resopló.

—Ya te lo he dicho. No me hablan.

Golpeó la ventana con los nudillos y el chófer abrió su puerta. Demitri la ayudó a salir y la estrechó contra su cuerpo mientras se dirigían al restaurante.

Ambos estaban temblando y ella no estaba segura de si era por el frío o por la conversación. Jamás habría imaginado que él pudiera tener una historia así.

Aunque explicaba muchas cosas, también le generaba más preguntas, como por ejemplo: ¿Adónde se encaminaban?

No durante su cita, por supuesto. Él la había llevado a Old Montreal. Entraron en el edificio y los guiaron hasta un ascensor. Llegaron a un elegante salón con sillas de terciopelo y lámparas de araña, donde tenían una mesa reservada con vistas a St. Laurence.

¿Pero iban como pareja?

Cuando se sentaron ella vio muchas similitudes con la primera vez que salieron a cenar. El camarero le colocó la servilleta en el regazo y Demitri pidió vino y un plato de marisco como aperitivo.

Por supuesto, ella le había contado en París que le gustaba el marisco, y aquel lugar tenía fama de ofrecer el mejor. ¿Quizá él fuera menos arrogante y más detallista de lo que ella había pensado?

Natalie entrelazó las manos y, con los codos sobre la mesa, rozó sus nudillos con los labios. Miró a Demitri y se fijó en sus facciones iluminadas por la luz de la vela.

–¿Qué piensas? –preguntó él.

–¿En serio? Dudo de que le hayas contado a alguien lo que me has contado a mí esta noche. Y me pregunto: ¿por qué a mí?

–Si supieras cuántas veces he escuchado a alguna diva del pop o a un político humillado su historia del divorcio. «Gracias por escuchar», suelen decir, mientras yo niego con la cabeza, extrañado por su deseo de compartir algo tan personal. No tengo ni idea Natalie. Supongo que sentí que podía contártelo.

Ella esbozó una sonrisa.

–Es fácil hablar conmigo porque estoy acostumbrada a tener conversaciones muy duras.

Él la miró fijamente.

–No pretendía parecer arrogante –se disculpó–. Comprendo por qué tu familia querría evitar hablar sobre su infancia, pero... –se inclinó hacia delante–. ¿Y si pasara algo, Demitri? ¿De veras quieres que esa hostilidad permanezca para siempre entre vosotros?

Él hizo una mueca y miró hacia la ventana.

Al cabo de un momento, dijo:

–No. Por supuesto que no. ¿El primer día que nos vimos? Gideon se acercó a mí después de que tú hablaras con él. Me insistió para que asistiera al cumpleaños de Adara. Yo estaba enfadado y lo descargué contigo. No quiero ir. Nic estará allí, pero no hago más que pensar que debería ir. Significaría mucho para ella.

–¿De veras no te acuerdas de él? Me resulta tan extraño. ¿Cómo es posible...? ¿Tu padre tuvo una aventura?

–Qué sexista eres, Natalie –la regañó Demitri–. La tuvo mi madre. Mis padres habían roto su compromiso y ella tuvo una aventura con el padre de Nic, según me han contado. Después, volvió con mi padre y le hizo creer que el bebé era suyo. Quizá incluso lo creía. Estaba embarazada de mí cuando mi padre se enteró de que Nic no era suyo. Lo enviaron a un colegio interno. Supongo que lo vimos algunas veces después, pero el único recuerdo que tengo sobre él es preguntarle a mi padre: «¿Quién es Nic?». No sé ni por qué ni quién más estaba en la habitación. Solo recuerdo la expresión de su rostro y que yo me asusté. Estaba seguro de que me iba a pegar. Entonces, me dio una palmadita en la espalda y se rio.

–Tu padre los castigaba a ellos por acordarse de él –dijo ella con incredulidad–. Pero a ti no, porque tú no lo recordabas.

Él la miró atónito. Era evidente que nunca se le había ocurrido.

–Eso es algo muy cruel, Demitri –dijo ella–. Tienes derecho a sentirte confuso y enfadado. Todos lo tenéis. No puedo creer que nadie pueda comportarse así con sus propios hijos.

–Siempre me he sentido culpable porque ellos sufrieron y yo no –frunció el ceño–. Siempre pensé que me debería haber castigado como a ellos. Busqué el límite. Insistí e insistí. Y siempre imaginé que debían odiarme porque yo no estaba sufriendo como ellos. Ahora me odian, e incluso aunque lo merezca...

El sumiller apareció con el vino y ambos aprovecharon para recuperar la compostura.

–Deberías ir a la fiesta –dijo ella, cuando se quedaron a solas–. No tienes que hablar de todo esto, pero asiste al menos.

Él la miró contrariado, como si supiera que ella tenía razón, pero no quisiera admitirlo. Entonces, entornó los ojos y la miró fijamente:

–Ven conmigo.

–¿Qué? No –contestó ella con decisión–. ¿Por qué has sugerido tal cosa?

–Porque estamos saliendo.

–¡No estamos saliendo! Vamos a cenar juntos –insistió ella–. Una vez. Esta noche. Para que pueda decirte que no lo volveremos a hacer.

Demitri se apoyó en el respaldo de la silla y se puso muy serio.

–¿Te da miedo que me vuelva como mi padre?

–¿Qué? ¡No! –protestó ella con fuerza.

–Ya no bebo mucho –continuó él como si no la hubiera oído–. Tampoco es que haya sido un bebedor agresivo. Odio perder los papeles. No llegaría a gritarte. ¿Tienes miedo por Zoey?

Ella percibió verdadera agonía en su voz y negó con la cabeza.

–No creo que fueras a hacerme daño, ni a mí ni a Zoey, pero, Demitri, la mujer que conociste en París no soy yo. No te pareceré tan divertida ni accesible como entonces. No podré fingir otra vez.

Demitri se sentía aliviado después de toda una vida de tensión porque se había dado cuenta de que el motivo por el que su padre lo había favorecido no era que se viera reflejado en él. Esa mancha oscura sobre su alma había desaparecido gracias a Natalie, pero eso no significaba que se hubiera convertido en el tipo de hombre que pudiera encajar en la vida de ella. Él respetaba que se hubiera organizado para ser autosuficiente. Y la admiraba por ello. Además, no la culpaba por el hecho de que no quisiera darle una oportunidad.

No obstante, si existía una posibilidad para seguir viéndola, quería encontrarla.

–¿Qué es lo que buscas en un hombre, Natalie?

–¿Por qué crees que necesito encontrar algo de un hombre? –lo retó ella.

–¿No necesitas nada? –preguntó con escepticismo.

–En Francia me sedujiste porque yo te lo permití –aseguró ella.

–Coqueta –la acusó. Le encantaba cuando ella se mostraba descarada y sugerente–. Sabes que me gustaría verlo.

–No estoy coqueteando –mintió ella.

–Entonces, ¿era un reto?

–No. Y ni se te ocurra pensar que no sé cómo decir esa palabra cuando la necesito.

–Eres muy guapa, y eres la mujer más buena que conozco, Natalie.

–Tengo que pensar en mi hija. Por muy débil que parezca como mujer, podría matar con tal de protegerla. Eso es lo que intento decirte, Demitri. Esa es quien soy aquí. Primero, madre. Después, mujer.

Demitri la miró pensativo.

–¿Quieres un padre para ella?

–Ya tiene uno –contestó ella–. No es perfecto, pero recibe más de él de lo que yo recibí del mío.

–Amor, quieres decir –le costaba pronunciar la palabra porque era una emoción incomprensible para él. Dudaba de que alguna vez pudiera ofrecer tal cosa.

Natalie no se rio. Tampoco se entusiasmó y dijo que sí. Frunció los labios para que no le temblaran y tragó saliva. Él percibió su dolor, y se le formó un nudo en la garganta.

–El amor es agradable –dijo ella con una sonrisa–,

pero no significa nada. Heath dice que me quiere todo el tiempo y, aun así, no puedo vivir con él.

–¿De veras te lo dice? –Demitri cayó en un abismo oscuro en el que apenas podía respirar.

–Lo dice después de dar de comer a Zoey comida basura, o cuando la recoge del colegio y se olvida su mochila. Como si fuera un chico encantador capaz de quererme a pesar de que yo esté enfadada con él. Creo que mi padre me quería, y se marchó cuando la vida empezó a complicarse. Con el amor no basta. Quiero a alguien con quien pueda contar.

Ella lo miró, pero él no fue capaz de contestar. ¿Qué podía decir? Ambos sabían que con Demitri Makricosta solo se podía contar para que hiciera lo que no debía.

–Natalie... –se encontró riéndose con amargura al ver el desastre en que se había convertido aquella situación. Había ido hasta allí pensando que podría acostarse con ella y dejar de sentir desasosiego y consternación por su vida. En cambio, estaba desnudando su alma luchando por encontrar un hueco en la vida de Natalie–. La manera en que me he comportado siempre... No quiero volver a ser ese hombre.

–Lo comprendo, Demitri –dijo ella–, pero no puedo arriesgarme a ser tu conejillo de indias. No puedo invertir mi tiempo, ni mi corazón. Ni el corazón de mi hija, mientras tú decides si de verdad quieres quedarte a nuestro lado.

¿Le estaba pidiendo un compromiso mayor? ¿Matrimonio?

Aquella idea debería haberlo hecho salir corriendo antes de que terminara la cena. Sin embargo, no sentía rechazo ante la idea de casarse con ella. Le gustaba compartir su tiempo con Natalie, despertarse a su lado, comer frente a ella. En Francia, había querido que se convirtiera en su amante, pero era capaz de pensar en algo más permanente. Teniendo en cuenta lo dura que había sido su vida, estaría a encantado si ella permitiera que él la apoyara.

El impedimento era su hija. Quizá Natalie no buscara un padre para Zoey, pero él nunca podría convencerla de que lo permitiera infiltrarse en su pequeña familia si se mantenía distante de la suya.

Natalie probó la exquisita comida que les habían servido, pero estaba tan afectada por el silencio de Demitri que le parecía que todo tenía sabor a carbón.

Cuando regresó el camarero para retirar los platos y tomar nota del segundo, ella se sorprendió al ver que Demitri pedía algo más. Estaba tan callado que pensaba que la cita había terminado.

—¿De veras? —preguntó ella cuando se marchó el camarero—. Pensé que querrías marcharte.

—Natalie —la regañó él—. Al decir que quería cambiar, no pretendía decir que ya no quiera conseguir lo que deseo. No voy a escabullirme porque hayas expresado tus dudas acerca de mí formalidad. Al menos, cuenta con que voy a seguir siendo persistente.

Ella se sintió aliviada. Lo miró y se le aceleró el corazón. Negó con la cabeza. Temía no ser lo bastante fuerte para resistirse a él si decidía poseerla.

Y deseaba que la poseyera. Ese era el problema.

—No me lo pongas difícil, Demitri —suplicó.

Él la agarró de la mano y sonrió antes de besarle los nudillos.

—Podría decirte lo mismo.

Demitri le estaba pidiendo que le permitiera partirle el corazón y ella permaneció allí sentada, dejando que le acariciara la mano e incapaz de replicar.

—¿Qué tal el trabajo? —le preguntó él, pillándola por sorpresa—. Ponme al tanto de los cotilleos.

—¿En serio? —preguntó ella con una risita—. ¿Por qué?

–Ya hemos mantenido muchas conversaciones serias. Recordemos por qué disfrutamos tanto en París. Cuéntame si el idiota de Laurier todavía cambia todas las palabras de mis campañas cuando las traduce al francés. Siempre me ha asombrado mucho.

–Laurier ha perdido la cabeza con todos los cambios que ha habido en el departamento desde que te fuiste.

Hablaron de miles de cosas durante la cena, tomándose su tiempo, disfrutando de un café mientras el restaurante se vaciaba. De pronto, él dijo:

–Háblame de Zoey.

Ella dudó un instante.

–¿Qué quieres saber?

–Lo que me habrías contado en Francia si no hubieses tenido miedo de hacerlo.

Ella se encogió de hombros, recordando todos los momentos en que había estado a punto de decir:

–Una vez Zoey... –frunció la nariz–. La semana pasada me preguntó de dónde vienen los niños.

–Guau –dijo él–. ¿Y qué le dijiste? ¿Qué los traen las cigüeñas?

–Yo me sentía muy unida a mi madre porque siempre fue sincera conmigo –comentó–. Tuve que contarle una versión muy sencilla.

Él la miró con admiración.

–Eres una buena madre, Natalie. Al contrario de lo que te hice pensar la última noche que pasamos juntos en Suiza, es uno de tus mayores atractivos.

Natalie tragó saliva. Tenía los ojos llenos de lágrimas. Se esforzaba mucho por ser una buena madre y deseaba que la suya no hubiera muerto para poder pedirle consejo. Demitri no era un experto en el tema, pero significaba mucho para ella que él se lo hubiera dicho. Nadie se lo había dicho nunca.

–Gracias –murmuró con timidez.

–Jamás intentaré meterme entre vosotras dos. Espero

que me creas. Tu relación con ella es maravillosa, y yo haría cualquier cosa para mantenerla.

Natalie sintió que se desplomaban las pocas defensas que tenía contra él.

–Será mejor que pague antes de que nos apaguen la luz –dijo él, metiendo la mano en el bolsillo.

Minutos más tarde, le sujetó la silla para que se levantara y la guio hasta la puerta. Al notar el calor de su mano a través de la tela del vestido ella se estremeció y supo que solo deseaba terminar la velada de una manera.

«Eres débil, Natalie».

Una vez en el ascensor, él no hizo nada para ocultar su mirada de ternura y deseo. Se acercó a ella, y le sujetó las solapas del vestido, haciendo una pausa como pidiéndole permiso.

Ella se humedeció los labios y posó la mirada sobre su boca.

–Sí, por favor –susurró.

Él inclinó la cabeza y la besó de forma apasionada. Ella suspiró y se acercó más a su cuerpo, acariciándole los músculos de a espalda y de los hombros bajo la chaqueta.

Él gruñó justo cuando se abrió la puerta del ascensor, pero no dejaron de besarse. A ninguno de los dos les importaba que los vieran. La puerta empezó a cerrarse de nuevo y él la sujetó sin dejar de mirar a Natalie. Con la respiración acelerada, salieron a la calle y subieron a la limusina.

–¿Vas a pasar la noche conmigo? –preguntó ella, una vez en el coche.

–Quiero –dijo él, mirándola mientras hablaba.

Ella notó que faltaba un «pero», y sintió que le daba un vuelco el corazón. Por ese motivo había aceptado tener una relación casual en París. Sabía que en cuanto esperara más de él, se arriesgaría a llevarse una gran decepción.

–¿Pero? –preguntó, tratando de retirar la mano.

Él se la agarró con fuerza.

—Pero si paso la noche contigo, pasaré el fin de semana. Y el próximo fin de semana vendrás a Nueva York y a la fiesta de Adara conmigo.

Ella ya le había dicho que Zoey estaría fuera hasta el domingo por la noche, pero...

—El próximo fin de semana Zoey estará conmigo. No puedo marcharme.

Eso era de lo que ella quería advertirle. No tenía libertad para...

—Ella también puede venir. Tiene pasaporte, ¿verdad?

—Yo... —sí tenía pasaporte, y ella estaba ahorrando para llevarla al parque de atracciones de Florida—. Ese no es el problema.

—No hay ningún problema. No tenemos que dormir juntos en Nueva York, si no quieres confundirla. Puedes compartir con ella la habitación de invitados de mi apartamento, o si prefieres, reservaré una habitación de hotel para vosotras. Yo pagaré el viaje.

—Demitri, no puedo —protestó ella—. No voy a presentarme delante de tu familia contigo.

—¿Qué quieres decir? ¿Te avergüenzas de que te vean conmigo?

—¡No! Nuestra aventura creó muchos problemas en el trabajo y en tu familia. Imagino que la última persona a la que querrán ver es a la mujer que los provocó.

—No fuiste tú. Fui yo. Y te aseguro que te recibirán a ti mejor que a mí.

—Piensan que voy a denunciarlos por acoso sexual —le recordó.

—Exacto. Y el hecho de que aparezcas allí les demostrará que no sientes rencor.

—Aun así, será extraño.

—Natalie —dijo él—, si aparezco solo, Gideon me echará antes de que llegue al ascensor. Si voy con una cita, con una mujer a la que él respeta, mostrará sus modales y me dará la oportunidad de disculparme ante mi hermana.

–Ya...

–Maldita sea, Natalie. No me gusta que piensen que solo salí contigo para hacerles daño. Quiero que vean que somos una pareja formal.

¿Era eso lo que eran?

Porque ella sospechaba que, en realidad, era eso de lo que trataba de huir. Una cosa era invitarlo a pasar la noche y otra permitir que un hombre ocupara un espacio permanente en su vida. Quizá empezara a depender de él. A querer cosas. A anhelar el amor y la sensación de plenitud, todas esas cosas que en secreto temía que nunca tendría.

No volvieron a hablar hasta que el coche se detuvo frente a su casa. Demitri salió para acompañarla hasta la puerta. Allí le sujetó el rostro con delicadeza y dijo:

–Me doy cuenta de que necesitas tiempo...

–No –lo interrumpió ella, sujetándole el brazo–. Si hay algo que Gareth me enseñó es que el tiempo se acaba. Puede que mañana no llegue nunca. Hay que vivir el día de la mejor manera posible. Quiero que te quedes. De veras.

–¿Sí? –se acercó para besarla en la frente.

Ella cerró los ojos un instante, después se retiró con una sonrisa y abrió la puerta, sujetándola para dejarlo pasar.

–Iré por mi bolsa –dijo él.

–Por supuesto, has traído una bolsa –comentó Natalie cuando él regresó. Ella había abierto la caja de bombones y estaba comiéndose una trufa.

Él se detuvo, pensando que quizá había algo desagradable en el hecho de que hubiera metido la bolsa en el coche sin pensar en ello, guardando su ropa de forma rutinaria, como había hecho miles de veces cuando se marchaba para pasar la noche con una mujer que deseaba. Sin embargo, el comentario de Natalie lo pilló desprevenido.

–Se llama estar preparado. ¿Quieres que te deje embarazada?

Ella palideció y se atragantó. Envolvió el pedazo de trufa que le quedaba y dijo:

–No.

Por algún motivo la pregunta le había hecho daño. Él se refería a esa noche, no a algún día, pero su respuesta parecía buena para las dos opciones. Había sido un doloroso rechazo.

Él blasfemó y se pasó la mano por el cabello, consciente del verdadero problema

–Me he acostado con otras mujeres –le dijo, y continuó a pesar de la mirada que ella le dedicó–. Pero nunca me he acostado con alguien que sabe cosas acerca de mí. Si piensas que esto es algo que hago todo el rato, no lo es. Desnudarse delante de una persona es fácil cuando uno se siente la persona más fuerte e inteligente de la habitación. Ahora no me siento así. Contigo, no. No solo quiero sexo de ti, Natalie. Quiero sentirte y olerte, y estar dentro de ti. Quiero saber que eres mía.

Él parecía un pirata. Un sultán. Un merodeador empeñado en sacarla de su casa. O, al menos, en robarle el corazón.

–Estoy asustada –admitió ella–. No quiero empezar a creer que estarás aquí y después descubrir que no será así –ni siquiera había conocido a Zoey. ¿Cómo podía estar tan seguro de que eran una pareja formal cuando ni siquiera la había conocido como madre?

Él la agarró por los codos y ella apoyó las manos sobre sus bíceps.

–No sé cómo tranquilizarte, excepto estando aquí cuando despiertes.

Ella lo acarició por encima de la chaqueta y él la agarró de la mano y miró hacia la escalera.

–Llévame arriba contigo.

«Así es como lo hace», pensó ella mientras subían a su dormitorio. Él hacía que creyera que era ella quien controlaba la situación, cuando en realidad era él quien manejaba el asunto. Cuando comenzaron a desnudarse, él la observó atentamente, sin meterle prisa, comprobando si la caricia que le había hecho en el pecho era bienvenida, y robándole un beso.

Y cuando ya casi estaban desnudos, él la abrazó contra su pecho y le dijo:

–Te he echado de menos, Natalie.

–Ya lo sé –bromeó ella, y levantó la mano para acariciarle el torso.

Demitri le cubrió la mano con la suya, le agarró la otra y le llevó los brazos a la espalda, sujetándola por las muñecas.

–Mi turno –le advirtió, mientras le acariciaba el triángulo de encaje de la parte delantera de su ropa interior–. Quédate quieta –la regañó cuando ella se estremeció.

Natalie se mordió el labio y gimió cuando él le bajó la ropa interior para acariciarle la piel húmeda de su entrepierna.

–Demitri –gimió ella, y notó que se le nublaba la vista a medida que él la excitaba con sus caricias.

–La primera vez estabas así. Muy húmeda. Como si no pudieras esperar a que estuviera dentro de ti. Yo quería lamer tu calor, pero tampoco era capaz de esperar –la empujó contra la cama y le soltó las manos antes de sentarla sobre el colchón. Le quitó la ropa interior y la tiró al suelo. Después, se arrodilló y le separó las piernas–. Esta vez lo haré.

–Demitri...

Él le colocó los muslos sobre los hombros para poder devorarla. Ella sintió una fuerte tensión en el vientre y tuvo ganas de gritar, después al sentir tanto placer, gimió y comenzó a arquear el cuerpo, echando la cabeza hacia atrás con abandono.

Él se incorporó para ponerse un preservativo y se tomó un momento para observarla antes de poseerla. La abrazó y la penetró con fuerza, provocando que ella se sintiera llena de felicidad y borrando la huella de la soledad.

Natalie lo rodeó con las piernas y lo atrajo hacia sí. Él cerró los ojos, como si fuera demasiado para aceptar. Comenzó a moverse y ella cerró los ojos también, incapaz de soportar tanta intimidad. Él le estaba robando algo que nunca podría recuperar. Quizá fuera su corazón. O a lo mejor su alma.

No obstante, a cambio de tanto placer, merecía la pena. Estaba dispuesta a darle cualquier cosa, siempre y cuando él continuara haciéndola sentir plena.

Demitri se sentía extraño caminando descalzo y sin camisa por la casa de Natalie. La noche anterior había sido intensa. Ambos habían mostrado un fuerte apetito sexual, acentuado por las emociones. Habitualmente, el sexo era una vía de escape o un entretenimiento para él. Nunca había sido algo profundo. Y menos una manera de establecer un lazo afectivo con alguien.

No podía olvidar las cosas que le había contado a Natalie sobre sí mismo. Ni la manera en que ella se había abierto a él, permitiéndole que recuperara su masculinidad acariciándolo, y alabándolo por el placer que le había proporcionado. Acurrucándose contra su cuerpo con total confianza.

En cierto modo, él había estado preocupado por si ella lo rechazaba después de todo lo que le había contado. Y que lo hubiera aceptado le resultaba desconcertante y sanador. Inquieto, se había despertado temprano. Había enviado algunos mensajes de correo electrónico, había mirado en el frigorífico y se había comido tres trufas, y después había solicitado que un taxista les llevara café y desayuno.

Cuando llegó, se puso la chaqueta y los zapatos y salió corriendo para pagar. Al regresar, se encontró la puerta de la casa cerrada.

–¡Eh! –miró a Natalie por el ventanuco de la puerta y golpeó el cristal con el codo, mostrándole las bolsas de comida rápida.

Ella abrió la puerta con cara de enfadada.

–Creía que ibas a marcharte.

–¿Perdona? –preguntó sorprendido.

–Bueno, aquí hay cafetera. Te has comido tres de mis trufas –le acusó.

–¿Me has cerrado tú? ¿Aunque mi bolsa está arriba?

–No me he fijado –se cruzó de brazos. Llevaba una camiseta y nada más. Tenía las piernas al descubierto y él tuvo que esforzarse para no atacarla sobre la mesa de la cocina–. He oído pitar al taxi, miré y vi que salías corriendo, con tu chaqueta y...

–Pensaste lo peor.

–¿Por qué no me despertaste si querías café? –preguntó ella.

–Cariño, soy muchas cosas, pero estúpido no es una de ellas. ¿Cuántos hombres se salen con la suya pidiéndole a una mujer que se levante y les prepare café?

–Está bien –dijo ella mirando al suelo.

–Y pensé qué... –se acercó a ella y la sujetó por las caderas–. Pensé que te gustaría dormir, puesto que ayer nos acostamos muy tarde. Y que así, quizá no te despertarías de mal humor.

Ella lo fulminó con la mirada.

Él la atrajo hacia sí, presionándola contra su miembro erecto.

–Y porque sabía que cuando te despertaras, estaría hambriento de algo más que de un sándwich de huevo.

Ella le acarició el cuello y los hombros.

–Puedes despertarme siempre que quieras para eso –le aseguró, frunciendo los labios para que le diera un beso.

–Tenía cosas más importantes que hacer.

–¿De veras?

–Sí –le confirmó él–. Entre otras cosas, he pasado la mañana pidiéndoles a mis nuevos empleados que busquen una propiedad aquí en Montreal y que se enteren de qué documentos hacen falta para abrir una empresa aquí en Canadá, en lugar de en Nueva York.

–¿Hablas en serio? –preguntó asombrada.

–Completamente, cariño –la sorprendió tomándola en brazos y llevándola hacia la escalera–. Así que no vuelvas a dudar de mí.

Natalie se quedó bastante calmada para el resto del día. Tomaron un desayuno tardío y después le sugirió a Demitri varios vecindarios para su nueva oficina. Quizá solo lo estuviera considerando, pero acabaron paseando en coche por la ciudad, mirando varios edificios y comiendo en un pub antes de regresar a su casa para tomar una copa de vino, ver una película y terminar haciendo el amor una vez más.

Ella no se permitió dudar ni una vez más hasta el domingo, cuando él la despertó acariciándole el pezón con la lengua y provocando que poco después gimiera de puro éxtasis. Era tarde por la mañana y todavía estaban retozando en la cama y negociando quién iba a levantarse para preparar el café, cuando él le preguntó qué le apetecía hacer ese día.

–Tengo que ir a recoger a Zoey –murmuró.

–¿De dónde?

–De casa de su abuela. Está a un par de horas de la ciudad. Se supone que Heath la tiene que traer a la hora de cenar, pero siempre llega tarde. Si quiero que se acueste a una hora razonable, tengo que ir a recogerla yo –miró hacia la ventana y se alegró al ver que hacía sol–. No me importa conducir si hace buen tiempo. Es probable que me quede a tomar café.

–¿Con Heath? Yo te llevaré –dijo él, antes de que ella pudiera contestar.

«¿Está celoso?», trató de no pensar en ello.

–Con su madre –le aclaró–. Heath estará pescando en el lago, por eso trae a Zoey tan tarde a casa.

–Aun así, quiero llevarte –se sentó en el borde de la cama y se levantó.

–Demitri... –ella se sentó en la cama.

–Ya es hora de que la conozca, Nat –la miró implacable–. Sobre todo si el próximo fin de semana vamos a ir a Nueva York.

«Sobre eso»..., quería decirle, pero él desapareció en la ducha y no le dio la oportunidad de hablar antes de subirse al coche para salir de la ciudad. Para entonces, ella ya había reflexionado acerca de si era inteligente o no comportarse de esa manera. No podía olvidar que él había dicho que eran una pareja formal. Estaba pensando trabajar en Canadá. Si ella no quería estar con él, debía decirle que se marchara de su vida enseguida, antes de que él hiciera grandes cambios en la suya.

Deseaba estar con él.

Aunque no estaba convencida de que él quisiera estar con ella y con Zoey.

A pesar de que el comentario de Theo todavía dañaba su ego, Demitri sabía que, en realidad, él no era como su padre. En las pocas ocasiones que había tenido un altercado con violencia física había sido con hombres adultos que estaban borrachos y que intentaban matarse. Él detenía la violencia, no la provocaba.

Y con respecto a los niños, era cierto que no tenía ni idea, pero Natalie tenía una hija y él tendría que aprender. No podía ser tan inflexible como para no intentarlo. Si no pudiera vivir con una criatura que no llevara su ADN, sí que sería como su padre.

Por mucho que intentara aparentar estar seguro de sí mismo, Natalie debió de percibir su tensión porque fue muy callada durante todo el camino, hablando únicamente para darle instrucciones.

Llegaron a una granja donde una mujer mayor barría la nieve del porche mientras Zoey lanzaba un palo a un perro de mediano tamaño.

Natalie le presentó a Claudette y, después, la señora se fue a preparar café. Entonces, le presentó a Zoey.

–La abuela iba a llevarme al granero para ver los gatitos. ¿Te gustan los gatitos? –preguntó Zoey.

–¿Y a quién no? –preguntó él.

–Al tío Frank –contestó la pequeña–. Lo hacen estornudar. Vamos. Hay cinco, como yo.

–¿Hay cinco como ella? –Demitri le preguntó a Natalie mientras la seguían.

–Pronto empezarás a pensar que es así –le aseguró.

Después de ver a los gatitos estuvieron paseando por la granja durante casi una hora, admiraron el muñeco de nieve que ella había hecho con sus primos, recogieron los huevos y escucharon atentamente cuando la niña les explicó paso a paso cómo su abuela había convertido la lana de alpaca en el jersey que llevaba.

–Estás teniendo mucha paciencia –comentó Natalie mientras seguían a Zoey hasta la casa.

Él se sorprendió al oír el comentario porque todavía no había tenido que recurrir a la paciencia. Había ido a conocer a la niña y a descubrir lo que le gustaba. Tenía cinco años y sabía muchas cosas sobre peces.

–Estoy esperando a que empiece lo duro –respondió él–. Han pasado cuarenta minutos y no ha pedido drogas, no ha tirado un televisor por la ventana, y tampoco se ha hecho un *selfie* desnuda para colgarlo en internet.

–¿Y eso es lo que hacen las estrellas del pop adolescentes?

–Todo el mundo piensa que solía salir de fiesta con ellas. Siempre he intentado mantener las denuncias al mínimo.

Se quedaron a tomar café y todo fue muy relajado. Claudette era una de esas mujeres que conseguían hacerte sentir como en casa, y él comprendía por qué Natalie la valoraba tanto.

Zoey estaba pintando en la mesa, sentada ente Natalie y él, y de pronto preguntó:

–Mamá, ¿quieres ayudarme?

Demitri cayó en la tentación y agarró una cera. Hacía años que no las utilizaba y el olor lo trasladó a su infancia, cuando Adara trataba de mantenerlo callado con los dibujos. Se dio cuenta de que echaba de menos ir a trabajar. El día anterior, mientras buscaban oficina, él todavía tenía dudas. Zoey había sido la incógnita, pero en esos momentos ya empezaba a considerarla como parte de él, y se sentía más seguro de estar tomando la decisión adecuada.

–¿Esa soy yo? –preguntó Zoey, dejando de colorear para mirar lo que él estaba haciendo.

Él estaba dibujando a Zoey. Era una manera de ganarse su afecto, y le gustó ver que había tenido éxito:

–¡Es para la nevera!

Más tarde, esa noche, cuando Natalie lo acompañó a la puerta, le preguntó:

–¿Y bien?

–¿Qué? ¿Que si me siento mal por tenerme que ir a un hotel? Un poco decepcionado. Te dije que respetaría tu espacio con ella y lo haré.

–No me refería a eso.

–Sé a qué te referías –la besó–. Volveré mañana.

Capítulo 9

IR A Nueva York era volver a meterse en el mundo de fantasía de París, y eso la asustaba.

—¿Cuál me pongo? —preguntó, sujetando dos vestidos de su armario.

—Eres adorable —contestó él, negando con la cabeza y mirando la tablet en la que estaba organizando el viaje—. Te compraré algo en Nueva York.

—Podíamos haber ido de compras el fin de semana pasado —protestó ella, pero cuando llegaron a nueva York y le mostró su maravilloso ático, comprendió que ni siquiera las mejores tiendas de Montreal eran lo suficientemente buenas para él.

¿Cómo podía haberse olvidado de lo rico que era?

Habían pasado la semana encontrándose por las tardes antes de que Zoey regresara a casa del colegio. Después, Natalie preparaba la cena para todos. Después de haber pasado la vida atendiendo a invitados caprichosos, la niña de cinco años era pan comido para Demitri. Enseguida, Zoey se dejó cautivar por su carisma. Y Natalie estaba encantada porque él empleaba su tiempo con Zoey, en lugar de su dinero, escuchando sus historias sobre el colegio y jugando con ella después del baño. Las tardes eran agradables y tranquilas.

Y de algún modo, Natalie se había olvidado de que aunque Demitri no tuviera trabajo en aquellos momentos, su familia era la propietaria de una cadena hotelera de cinco estrellas, de que él tenía un fondo de inversiones y una tarjeta de crédito sin límite. También un ático más grande que su casa. Y con piscina.

—Hay montones de ventanas –dijo Zoey cuando entraron en casa de Demitri–. Y tienes montones de libros.

—Así es –convino él–. Y me he leído la mayor parte, lo que supongo sorprenderá a tu madre. Echa un vistazo por la casa. Y no salgas sin mí.

Zoey se marchó a explorar, pero Natalie no necesitó ver los cuadros de famosos ni las vistas de la terraza para encontrar un motivo nuevo por el que, quizá, la familia de Demitri no querría recibirlas en su cena. La gente corriente no pertenecía a aquel lugar.

Además, durante el desayuno descubrió que no era una cena cualquiera.

Mientras ella trataba de averiguar cómo funcionaba la cafetera de Demitri, un desayuno a base de huevos, pastas y gofres de fresa apareció como por arte de magia.

—¿Te gustan los dinosaurios, Zoey? Se me ocurre que podíamos ir a visitar el Natural History Museum –dijo Demitri cuando se sentaron a desayunar.

—Eso parece divertido –comentó Natalie–. Siempre he querido ir.

—Me temo que tendré que llevarte en otro momento –dijo el–. Tienes una cita en el spa.

—¿Ah, sí?

—Y también con una estilista.

—¿Hay algo malo en el aspecto que tengo?

—En absoluto. Ponte lo que quieras, pero yo iré con esmoquin y las otras mujeres llevarán vestidos largos. Pensé que preferirías llevar uno.

—Las otras... ¿Habrá muchas mujeres? Creía que era una cena familiar.

—Es una fiesta elegante –dijo él, como si ella tuviera que saberlo.

—¿De cuánta gente?

–De unas doscientas parejas o así. No me preguntaste –protestó él al ver cómo lo miraba–. No es un secreto. Es un acto benéfico para gente sin hogar. Adara lo celebra cada año. Búscalo.

–¿Y Zoey está invitada a algo así?

–Esta noche, Zoey conocerá a mis sobrinos y sobrinas y a sus niñeras. Solo estarán unas plantas más abajo en el hotel, por si necesitas ir a ver que todo está bien. Al parecer a Evie le gusta jugar con sus primos, pero le encantará pasar tiempo con otra niña –miró a Zoey–. Tiene tres años y también le encantan las princesas.

Una hora más tarde Natalie comenzó a recibir su tratamiento de belleza. No recordaba otra ocasión en la que hubiera estado tan mimada y atendida. Su piel estaba suave y revitalizada. La estilista se reunió con ella dos veces antes de que se vistiera, para tomarle las medidas y hablar con la peluquería para que le pusiera un lazo brillante en el peinado de forma que pareciera una corona. El maquillaje era una obra de arte, y resaltaba lo mejor de sus facciones. Y el vestido...

Al parecer lo había elegido Demitri en persona. Era de terciopelo y de un color entre lavanda y gris. Sin tirantes, la prenda se pegaba a sus curvas para resaltar lo mejor de su silueta. También llevaba una chaqueta a juego que solo le cubría los hombros y la parte superior de los brazos, para no congelarse.

Los zapatos eran negros y de tacón muy alto, pero la parte inferior hacía juego con el color del vestido. Abiertos por delante, cerrados por detrás, tenían una tira de brillantes desde el tobillo hasta los dedos. Y lo más importante, aunque parecía que estaría muy incómoda con ellos, parecía como si caminara sobre nubes. Podría bailar toda la noche.

«No puedo aceptarlo», pensó ella una y otra vez, recordándose que él habría hecho lo mismo con innumerables mujeres antes que ella. Aun así, se sentía como si hubiese llegado muy alto, y empezaba a sentirse especial y valorada.

–Las joyas son un préstamo –dijo la estilista, probándole diferentes piezas antes de elegir un camafeo con una cadena de plata y un par de pendientes de zafiro–. Aunque he hecho lo mismo para otros clientes y si no me equivoco, el caballero siempre acaba regalándolas.

–Oh, no espero nada de él.

La estilista sonrió tratando de aceptar lo que consideraba una mentira.

–Por supuesto que no.

Natalie se encontró reconociendo que era mentira No esperaba que le regalara las joyas, pero sí empezaba a soñar con cosas que había tratado de no esperar o desear.

Amor. Familia. Compromiso. Matrimonio.

Un compañero para toda la vida. Otro bebé.

Porque estaba enamorándose de Demitri. Profunda e irrevocablemente.

Demitri podía haberse pasado el día pensando en la reunión que tenía esa noche con su familia si su mente no hubiese estado ocupada tratando de entretener a una niña de cinco años en un museo. Y en el Empire State Building. Y en una juguetería famosa. Después de dar de comer a los patos en el parque, llevó a Zoey a casa para que viera una película mientras comía un bol de palomitas y, así, él aprovechó para afeitarse y cambiarse de ropa.

Cuando oyó la puerta y que Zoey exclamaba ¡Mamá!, sonrió con una sensación agridulce. Agria porque el tiempo pasaba y quedaba menos para encontrarse con sus hermanos, pero dulce porque Zoey era muy expresiva.

Ella no tenía motivos para ocultar su entusiasmo, o

su curiosidad o ninguna otra emoción. La vida nunca le había hecho sufrir. Y él deseaba protegerla. Se sentía privilegiado de que Natalie estuviera compartiendo a su hija con él. Deseaba cuidar de ella, pasar tiempo a su lado y verla convertirse en una mujer autónoma y divertida.

Cuanto más tiempo pasaba con las dos, más seguro estaba de que quería regresar a su lado cada día. Y eso lo desconcertaba. Nunca se había imaginado casado con una familia ya formada.

Natalie tampoco lo vería capaz si le daba la espalda a su familia porque la cosa se había complicado. Y eso aumentaba la necesidad de que aquella noche se reconciliara con sus hermanos.

Poniéndose la chaqueta, salió al salón y sintió que se le encogía el corazón.

Natalie estaba preciosa. El color del vestido realzaba su belleza. Estaba tan elegante y atractiva que, al verla, se le entrecortó la respiración.

Al verlo, Natalie enderezó los hombros y se quedó boquiabierta.

—Pensé que me había vestido demasiado elegante, pero... —tragó saliva y se sonrojó una pizca—. Estás muy atractivo.

—Estás perfecta —le aseguró él, besándola en la mejilla e inhalando su aroma—. Impresionante.

Natalie se sonrojó y se agachó para pedirle a Zoey que le sacara una foto. La niña los miraba con admiración y estaba entusiasmada con la idea de montar en limusina.

Demitri las llevó al parking subterráneo del hotel Makricosta Manhattan en lugar de dejarlas en la puerta principal. Nada más llegar, llamó a su cuñada para que le abrieran el ascensor de uso privado. Demitri suponía que solo había una persona con suficiente influencia para conseguir que entraran en el hotel sin que nadie se diera cuenta y, además, estaba seguro de que la perdonarían. Esa persona era Rowan, la esposa de Nic. Se había convertido en la mejor amiga de Adara y también organizaba aquel evento, así que nadie sospecharía de que empleara ese ascensor. Habitualmente solo se empleaba para que los famosos pudieran acceder o salir del hotel evitando a los paparazzi.

Cuando llegaron al ático, se abrió una puerta.

Era Nic. «Maldita sea». Demitri le había pedido a Rowan que los esperara y bajara con ellos a la fiesta sin mencionarle a ninguno de sus hermanos que tenía intención de asistir.

Con aspecto de dios vengativo, Nic fulminó a Demitri con la mirada.

—Tu esposa nos está esperando —dijo Demitri.

—Acaba de decírmelo —a juzgar por su tono, a Nic no le gustaba que Demitri hubiera hablado con su esposa a escondidas.

—Esperé a que Theo y Jaya dejaran a Zephyr y se marcharan —dijo Rowan con su acento irlandés y sonriendo—, pero no le oculto nada a Nic. Por favor, pasad.

A pesar de que había sido famosa desde la infancia, Rowan siempre había sido una mujer modesta. Esa noche estaba igual de atractiva que cuando aparecía en la pantalla, y su sonrisa parecía natural, pero era actriz. Cuando Demitri contactó con ella parecía dispuesta a ayudarlo, pero puesto que le había contado a Nic que asistiría al evento, empezaba a dudar de que fuera así.

—Tú debes de ser Natalie. Y tú Zoey —las saludó con cariño.

Natalie miró a Demitri y dijo:

—No quiero molestar si no nos esperaban.

Nic la miró fijamente y pestañeó:

—Está bien.

Natalie se habría relajado si él hubiera sonreído, pero no fue así.

–Iré a buscar a Evie –dijo Nic, y se marchó.

–No sabemos mucho acerca de lo que ha pasado –dijo Rowan–, pero Nic y yo estamos contentos de poder ayudaros a solucionarlo.

¿De veras? Ella era muy buena actriz y conseguía parecer sincera cuando era evidente que Nic no estaba para nada contento.

Natalie bajó la vista, pero Demitri fue capaz de reconocer que estaba deseando que la sacara de allí cuanto antes.

–Mira, Rowan, si... –comenzó a decir, pero Nic regresó y lo interrumpió.

–Quiero presentarte a alguien –le dijo a la niña que lo acompañaba.

Demitri miró a la niña, fijándose no solo en su cabello moreno y en sus rasgos asiáticos, sino también en la manera protectora en que Nic la sujetaba en brazos. La niña había sido adoptada en un país en guerra en los que Nic había trabajado como periodista. Era evidente que Evie y él estaban muy unidos y que la niña lo miraba con confianza y amor.

Si un hombre como ese podía convertirse en el padre cariñoso de una niña, ¿tendría él esperanza con Zoey?

–¿Quién es? –preguntó Evie.

–Se llama Zoey. El tío Demitri la ha traído de visita. ¿Le dices hola? –se agachó para que las niñas estuvieran a la misma altura.

–Hola –murmuró Evie, y sonrió con timidez. Señaló hacia el pasillo y mencionó a su primo, el hijo de Theo–. La niñera de Zephyr ha traído pinturas de cara. Yo voy a ser un gato. ¿Tú qué quieres ser?

Zoey miró a Natalie.

–¿Puedo ser una mariposa?

Natalie dudó un instante.

–Se lo preguntaremos a la niñera –le dijo a Zoey, y gesticuló para que Evie les mostrara el camino–. Le daré mi número de teléfono para que me llame si me necesitas.

Momentos más tarde llegaron a la planta donde se encontraba el salón de baile y salieron del ascensor en silencio, detrás de Nic y Rowan. Demitri permaneció más atrás con Natalie y le dijo:

—Siento que haya sido tan...

—¿Incómodo? —preguntó Natalie—. Está bien. Es posible que le gusten los secretos tan poco como a ti.

Demitri le había pedido a Rowan que no dijera nada a Nic para evitar que él se enfrentara a Theo y a Adara en su nombre. Las relaciones familiares eran tremendamente complicadas.

Agarró a Natalie de la mano y la guio hasta el salón de baile.

Un miembro del equipo de seguridad los detuvo en la puerta.

—Vienen con nosotros —dijo Nic.

—Aun así, tengo que informar de su presencia —le dijo el hombre a Demitri.

—Se lo diré yo mismo —dijo él con impaciencia, y entró en el salón con Natalie.

La gente los miraba al pasar, pero el hecho de que lo hubieran reconocido jugaba a su favor. Todo el mundo estaría pendiente de cómo reaccionarían sus hermanos al verlo.

Gideon fue el primero en hacerlo, justo en el momento que un sirviente se acercaba para informarle de su presencia al oído.

—Ya lo veo —murmuró Gideon.

Demitri reconoció el instante en que Gideon identificó a su acompañante. Se acercó a su esposa y la disculpó ante el grupo con el que estaba hablando. Después, la separó del grupo y esperó a que llegara Demitri.

Adara levantó la vista y, al verlos, relajó su postura, como dándoles la bienvenida.

Natalie trató de soltar la mano de Demitri y él se percató de que se la estaba apretando con demasiada fuerza. El hecho de que hubiera llevado a Natalie como acompañante indicaba que estaba verdaderamente interesado en ella. Se sentía desarmado y vulnerable.

Y eso le asustaba. Si lo rechazaban, si los rechazaban a ambos, no sabía qué iba a hacer.

Nada más acercarse a su hermana, le dijo:

—No merecías que te tratara así. Lo siento.

Natalie le cubrió la mano con las suyas, tratando de ayudarlo a aganar seguridad. Aportándole la fuerza que necesitaba para terminar.

—Solo quería desearte feliz cumpleaños, Adara —rodeó a su hermana por los hombros y la estrechó contra su cuerpo, notando su sorpresa, puesto que no la había abrazado desde que eran niños.

—Si prefieres que me marche, lo haré.

—Por supuesto que quiero que te quedes —dijo ella, y lo abrazó con fuerza—. Me alegro tanto de verte que voy a llorar.

—Eso no puede ser —dijo él, y se retiró, sorprendido de que lo hubiera perdonado con tanta facilidad. «Familia. Realmente es un lujo que no te subestimen». Decidió recurrir al sentido del humor para que evitar emocionarse—. Tu marido quiere matarme por haberte disgustado. Donaré un cheque por una cantidad importante como compensación. ¿Eso te hará sonreír?

Adara se rio y se secó los ojos.

Gideon se relajó y miró a Natalie antes de volver a mirar a Demitri arqueando una ceja. «¿Cuáles son tus intenciones?», parecía preguntar.

—Me alegro de volver a verte, Natalie —dijo Adara.

Natalie esbozó una sonrisa y contestó:

—Me alegro de estar aquí. Quería aprovechar esta oportunidad para...

—No te disculpes —le advirtió Demitri.

Ella lo fulminó con la mirada.

–Puedo hacerlo si quiero.

–No te he traído para eso, y lo sabes –le dijo él. Habían compartido tantas cosas, que si ella se disculpaba por la manera en que se habían encontrado resultaría ofensivo para ambos.

–Hmm... Con la de veces que me dijiste que no eras mi jefe, ahora resulta que crees que lo eres.

–¿De veras? –la retó él–. Pues carga con la culpa. Me sedujo descaradamente con el único propósito de destruir mi carrera y herir a nuestra familia –dijo él.

–No, yo... –frunció el ceño, pero él continuó antes de que ella pudiera dar explicaciones.

–Soy yo quien tiene que arreglarlo, Natalie.

–Está acostumbrado a ser el culpable, Natalie –dijo Gideon–. Déjalo.

–Gracias –murmuró Demitri a su cuñado. Gideon no emplearía el humor si su intención fuera matarlo.

–Theo te ha visto. ¿Ibas a hablar con él? –preguntó Adara con preocupación.

–Sí –dijo Demitri, y colocó la mano sobre la espalda de Natalie para que se girara hacia su hermano–, luego nos vemos. Quiero tu opinión acerca de mi nueva empresa –le dijo a Giedon, con sinceridad.

Cuando se acercaron a Theo y a su esposa, Jaya dio un paso adelante para recibir a Natalie con cariño.

–Estoy deseando que me hagas un resumen sobre el trabajo en Francia –le dijo Jaya a Natalie–. Siempre prometemos que no hablaremos del trabajo en estos eventos, pero ¿cinco minutos, Theo? ¿Por favor? Natalie, ¿me acompañas al baño y entretanto hablamos?

–Nunca le he caído bien a tu esposa –le dijo Demitri a Theo cuando Jaya se marchó.

–A mí tampoco, si quieres que te diga la verdad –comentó Theo.

–¿Es lo mejor que puedes hacerlo? –preguntó Demitri con una pequeña carcajada, fingiendo que el duro golpe no le había dejado marca.

–No –dijo Theo.

Demitri asintió.

–No, puedes negarte a hablar conmigo para siempre. Es un castigo muy efectivo, Theo. Yo no tengo un hermano de repuesto, como tú con Nic. Gideon no me soporta. Eres todo lo que tengo por hermano.

Theo no lo miró. Se quedó muy quieto y después bebió un poco de soda.

–Gideon maneja un negocio bien organizado. No tiene por qué aguantar ninguna clase de tontería. Yo nunca cometo errores, así que no puede decirme nada. Tú te has convertido en su proyecto favorito. Y Nic... –continuó, pero Demitri lo interrumpió.

–Lo sé. Me habrías hablado de él si hubieses podido. Sinceramente, me alegro de que al menos tengas un buen recuerdo de nuestra infancia –le dijo, incapaz de suprimir el sentimiento de angustia una vez más–. No debería haberte dicho lo que te dije –añadió Demitri–. Y no espero que me perdones, pero te pido perdón.

Se hizo un silencio.

–Lo que pasó no fue culpa tuya. No debería haber actuado como si lo fuera. Éramos niños. Nada fue culpa nuestra. Y no eres como él. No debería haberte dicho eso.

Sus miradas se encontraron un instante, el tiempo justo para reconocer que el otro estaba abrumado y desviar la mirada para ocultar el sentimiento propio.

Una extraña sensación de alivio provocó que a Demitri le flaquearan las piernas. Necesitaba oírlo. Así podía pensar que, después de todo, quizá fuera lo bastante bueno para Natalie.

–Por si te sirve de algo –continuó Theo–, Nic está tan seguro de sí mismo que me hace sentir como el tonto del hermano pequeño. Así que siempre tendrás un lugar en mi vida.

—Me alegra saberlo –dijo Demitri, riéndose–. Por cierto, a Natalie no le pagas lo suficiente. Te la robaré para la empresa que estoy montando.

—¿Es eso lo que estás haciendo con ella? –preguntó Theo.

—No –dijo Demitri–. Voy a pedirle que se case conmigo –se sentía orgulloso de poder contarlo, y le gustó la manera en que Theo encajó la noticia, asintiendo como aprobación.

—Buena suerte –dijo su hermano. E incluso parecía que hablaba en serio.

Natalie metió el lápiz de labios en el bolso y miró a Jaya a través del espejo.

—Han pasado diez minutos. ¿Les hemos dejado tiempo suficiente?

Jaya sonrió.

—¿Era tan evidente? De veras quería que me contaras tus impresiones acerca del recibimiento del nuevo software.

Natalie se encogió de hombros y dijo:

—Creo que hemos hecho bien en dejar que lo resolvieran en privado –dijo Natalie, refiriéndose a Demitri y a Theo–. Espero que lo hayan hecho. La familia es muy importante como para pelearse con ella.

—¡Eso es lo que yo le decía a Theo cuando rechazaba las llamadas de Demitri! –mientras regresaban al salón, Jaya le contó un desencuentro familiar que había tenido ella. Natalie estaba tan interesada en la conversación que se sobresaltó cuando alguien le tocó el brazo.

Era Rowan. Empezaron a conversar con ella y con Gideon y, al cabo de un momento, Rowan se acercó a Jaya y señaló con la mirada hacia el otro lado de la habitación.

—No mires ahora, pero los planetas se han alineado.

Natalie miró hacia donde había señalado ella y vio a los cuatro hermanos hablando de forma animada.

–Oh –suspiró Jaya, con la mano sobre el corazón–. Empezaba a preocuparme por si nunca llegaba a ocurrir.

–Esto significa mucho para Nic –murmuró Rowan.

–Y para Adara –dijo Gideon.

Demitri también lo necesitaba, y Natalie se sentía orgullosa de haber ayudado a que sucediera. Por un momento, incluso se sintió igual que el resto de parejas, mirando al grupo de adultos que no habían podido conocer la felicidad durante la infancia.

No mucho después, brindaron por Adara con champán y cantaron *Cumpleaños Feliz*. Entonces, comenzó el baile.

–Evie quiere que Zoey se quede a pasar la noche –le dijo Rowan a Natalie–. ¿Te importa? Se quedará muy triste si Zoey se marcha. Uno de nosotros tendría que irse con ella.

Rowan había reservado varias habitaciones para los músicos que había contratado, pero había reservado una de ellas para Natalie y Demitri. Si Zoey necesitaba a su madre por la noche, estarían muy cerca. Natalie llamó a Zoey y tuvo que apartarse el teléfono de la oreja cuando su hija grito:

–¡Ha dicho que sí!

El encanto de la noche se intensificó cuando Natalie se percató de que podría hacer el amor con Demitri una vez más. Apoyó la cabeza en su hombro, y se rindió ante el deseo sexual que siempre se apoderaba de ella cuando estaba a su lado. Se había quitado la chaqueta y él la besó en el hombro desnudo antes de acariciarle el brazo. Ella le acarició la nuca.

Aquello era perfecto. Maravilloso.

Natalie lo amaba.

–Tenemos una habitación –le recordó ella, con tono pasional.

–¿Quieres irte? –la miró a los ojos y ella se estremeció.

Natalie asintió y agachó la cabeza para ocultar su ru-
bor.

Había menos gente en la sala. Nic y Rowan ya se habían marchado. Adara les dio un abrazo y Gideon besó
a Natalie en la mejilla, despidiéndose de ella con un:

–Gracias por venir.

Demitri y ella salieron agarrados de la mano, con la
tensión sexual aumentando a cada paso. Cuando llegaron a la suite, él dejó la tarjeta sobre la mesa y le dijo:

–Ven aquí, preciosa.

Ella se acercó y le rodeó el cuello con los brazos. Le
acarició el cabello y lo besó en la boca, notando su
miembro erecto contra el cuerpo...

–Tranquila, Natalie –la sujetó para que dejara de res-
tregarse contra su cuerpo y le acarició la mejilla con la
nariz–. Tenemos tiempo. Mucho tiempo.

¿Una vida entera? No era su estilo pensar en algo
permanente, pero por una vez confió en que él siempre
estaría a su lado.

Y él no tendría prisa por conseguir lo que deseaba
de ella. La seduciría, manteniéndola presionada contra
su cuerpo musculoso mientras la besaba de forma apasionada.

Ella no podía moverse, solo podía decirle con sus
gemidos que la estaba torturando de placer.

–Te deseo muchísimo –susurró ella, cuando él le mordisqueó el cuello. Después se abandonó ante sus caricias.

–Llevo pensando en esto toda la noche. En tu piel.
En tu risa. En tu forma de contener el aliento.

Ella basculó las caderas contra las de Demitri. Sexo
contra sexo. Deseo junto a deseo.

Ocultando el rostro contra su cuello, le dijo:

–Quiero estar desnuda. Quiero sentirte.

–Sí –contestó él, y se separó de ella para darle la

vuelta y bajarle la cremallera del vestido–. Estos hoyue-
los me vuelven loco –Demitri colocó los dedos pulgares
en los huequitos que se le formaban en la espalda, justo
encima de las nalgas–. Después de Lyon, agonicé pensando que nunca más volvería a verlos.

Ella sonrió.

Él le acarició el cabello y le retiró las horquillas para
soltarle la melena. La delicadeza de sus caricias, el tacto
de su ropa contra su cuerpo desnudo... Era el momento
más romántico de su vida. Natalie se sentía apreciada.
Cuidada. Amada.

Esa noche se permitiría pensar que lo estaba. De algún modo, era más que todas las mujeres con las que él
había estado, combinadas.

Cuando Demitri le dio la vuelta de nuevo, le acarició
el lateral de los pechos con suavidad y se inclinó para
besarla.

–Eres preciosa, Natalie.

Ella lo creyó y lo desvistió mientras lo besaba. Cuando
llego a los pantalones, él metió la mano en el bolsillo y
sacó tres preservativos.

–Siempre preparado –bromeó ella, y le bajó los pantalones.

–Deseos que se convierten en realidad –dijo él–. Creía
que esta noche dormirías con Zoey.

Una vez desnudo, separó las piernas y estrechó a Natalie contra su cuerpo. Ella se estremeció al sentir el
contacto de su piel. Él le bajó la ropa interior y guio a
Natalie hasta el dormitorio.

Ella sabía que nunca amaría a nadie como lo amaba
a él. Sus sentimientos iban más allá de su sexualidad pri-
mitiva y de su atractivo masculino. Los ojos se le llena-
ron de lágrimas. La luchadora que había en ella descan-
saba cuando él estaba cerca.

Cuando él la tumbó sobre la cama, le separó las piernas y la penetró, ella cerró los ojos con fuerza.

–Mírame, Natalie.

–No puedo –susurró ella–. Es demasiado.

–Estoy a tu lado. Voy a cuidar de ti.

Al abrir los ojos, ella se percató de que hablaba en serio. La expresión de sus ojos oscuros reflejaba sinceridad. Sus músculos temblaban mientras trataba de contenerse. Siempre tan generoso, especialmente en la cama.

Ella se retorció, esforzándose por contener las palabras que se agolpaban en su garganta.

–Te estás conteniendo –la acusó, moviéndose con cuidado en su interior–. ¿Por qué? Dame todo lo que tengas para mí –le ordenó.

Natalie no podía guardar nada más.

–Te quiero. Te quiero –se estremeció mientras bajaba todas sus defensas, derramaba su amor sobre él y rezaba para conseguir un pedazo de él a cambio.

Capítulo 10

DEMITRI sabía que la noche sería buena. Las relaciones sexuales con Natalie eran de lo mejor que había tenido nunca. Habían aprendido a llevarse al límite de la cordura y disfrutaban de ello cada segundo.

Tenía poca confianza en las palabras que ella le había dicho. Las había oído montones de veces de la boca de otras mujeres, en los momentos de pasión. Sin embargo, en esa ocasión deseaba que fuera verdad. Quería pensar que de verdad habían hecho el amor cada vez que se habían encontrado.

Estaba enamorado.

Era la única explicación que encontraba para la transformación que había sufrido. Ella no lo había cambiado. Él estaba cambiando por ella, porque merecía lo mejor.

La amaba.

Se separó una pizca de ella y la abrazó de nuevo. Nunca se había sentido tan frágil en su vida. Era aterrador. Una sensación completamente desconocida.

No era un hombre dependiente en el plano emocional. Tenía relación con sus hermanos, sus opiniones le importaban, y cuando los había llevado hasta el punto que decidieron aislarlo, había agonizado en silencio.

Lo que tenía con Natalie era mucho más. Deseaba decirle lo que ella significaba para él.

—Gracias por haberme acompañado esta noche, Natalie. Sin ti no podría haber hecho las paces con mi familia.

Natalie estiró el brazo y agarró la sábana. Él la cubrió con la tela y la estrechó contra la parte delantera de su cuerpo, acariciándole la espalda, tratando de asimilar todas las maneras en que ella había enriquecido su vida.

E intentó pensar en cómo podía proponerle matrimonio sin arriesgar su alma.

–Durante todo este tiempo Adara me ha insistido en que viniera a estas reuniones, yo no me imaginaba formando parte de ellas. Ahora todas las piezas se están colocando en su lugar. ¿Deberíamos casarnos? –preguntó sin pensárselo dos veces–. Para no confundir a Zoey. Me gustaría estar en tu cama cada noche.

Natalie se liberó del peso de sus brazos y suspiró. Él no estaba reconociendo su expresión de amor. Simplemente le estaba dando las gracias, como si acabara de llevarle una taza de café.

Y ella empezaba a comprender por qué la había llevado allí, para que él pudiera encajar con sus hermanos casados y con hijos. Mientras ella se estaba enamorando, él se estaba disfrazando para encontrar la aceptación de sus hermanos. No lo culpaba. Ella quería que él recuperara la relación con ellos.

Simplemente no comprendía por qué ella tenía que ser un instrumento. Una herramienta para conseguir un premio, en lugar del premio en sí mismo. La noche anterior él le había contado que estaba arreglando la relación con su familia, pero era mentira. Quizá él no se hubiera dado cuenta, pero ella sí. Siempre era consciente de dónde empezaba y dónde terminaba su responsabilidad.

No habría estado tan dolida si él hubiese sido sincero con ella desde el principio. Probablemente no le habría negado su ayuda, pero habría buscado la manera de que su hija no se implicara emocionalmente con él y ella no le habría entregado el corazón.

Desde luego, no podía hacer aquello durante el resto de su vida. No podía amarlo con todo su corazón y saber que solo se había casado con ella por lo que representaba, y no por quién era. No estaba dispuesta a cargar con esa responsabilidad. Y no era justo ni para ella ni para Zoey.

–Demitri... –se sentó en el borde de la cama y se cubrió el rostro con las manos. «Estúpida, Natalie». ¿De veras había creído que todo lo que había compartido con él se debía a algo más que a la química que había surgido entre ellos?

–Sé que no quieres casarte –dijo él, acercándose a ella por detrás–, pero por el bien de Zoey...

–Por el bien de Zoey he de decir que no –dijo ella. Se puso en pie y busco un albornoz en el armario.

–¿Por qué? –preguntó él con frialdad.

–Porque acabaremos divorciándonos. Escucha, todo es culpa mía. Empecé a creer de nuevo en la fantasía. Debería saber que nunca voy a conseguir algo real.

–La fantasía –la interrumpió él–. En la que tú finges que eres una de esas mujerzuelas de bar con las que yo solía acabar porque actuar así es mucho mejor que vivir tu propia vida.

–¡Eh! –gritó ella, disgustada por el rumbo de la conversación.

–¿No te gusta cómo suena? A mí tampoco. Podías haberme avisado de que solo estabas disfrutando del viaje, Nat. ¿Decirme *te quiero* también era parte de esa fantasía?

Así que la había oído. Y se lo estaba lanzando a la cara. Ella se retiró hacia atrás, como si un objeto le hubiera dado en la nariz.

–¡No te atrevas a actuar como si fuera yo la única que ha utilizado a alguien! –Natalie cerró los puños–. ¡Solo me has traído aquí para poder parecerte al resto de los demás! Mis expectativas eran muy bajas. No me quedaba otra opción, pero no me pidas que me case contigo para poder tener una hija a la que llevar a las comidas familiares.

–Porque soy tan superficial –dijo él, poniéndose en pie. Estaba furioso y se dirigió a la entrada para buscar sus pantalones y ponérselos–. ¿Sabes lo que quieres, Natalie? Quieres que sea tan egocéntrico y de poco fiar como tu padre y tu exmarido, para poder decir que todos somos iguales y echarnos de tu lado. No puedes contar con los demás si nunca lo haces, pero te gusta ser la responsable de todo, ¿no es eso? Pues buenas noticias, cariño. Todo esto es culpa tuya.

Salió de la habitación dando un portazo.

Alguien se sentó a su lado en el bar.

Era Nic.

Demitri blasfemó en silencio. Las cosas cada vez se ponían mejor.

Nic miró al camarero y gesticuló para que le pusiera lo mismo que estaba bebiendo Demitri.

–Toma el mío. No lo quiero –dijo Demitri. La bebida siempre había sido su estrategia para afrontar problemas y no había encontrado ninguna otra aparte de hablar con Natalie, pero estaba furioso con ella...

Y dolido.

«Acabaríamos divorciándonos. Fantasía».

Nic no probó la copa. No dijo nada. Solo se sentó en el taburete y se apoyó en la barra.

–¿Has venido a decirme que no te gustó que hablara con tu esposa a tus espaldas?

–No –dijo Nic, golpeando la tarjeta de su habitación contra la barra–. No me gustó, pero no he venido por eso. Natalie llamó a nuestra habitación. Quería ir a recoger a Zoey... No pasa nada –dijo al ver que Demitri blasfemaba–. Ro la ha convencido para que dejara dormir a la niña hasta mañana. Cuando me marché estaba invitando a Natalie a tomar una copa de vino. Sabía que no había muchos sitios donde un hombre puede ir cuando se ha enfadado con una mujer. Te he encontrado a la primera.

–¿Y para qué querías encontrarme, Nic? –preguntó Demitri. Era tarde. Demasiado tarde para aquello.

–No hacía falta que hablaras con Ro a mis espaldas. Podrías haber venido a hablar conmigo.

Demitri resopló y negó con la cabeza.

–¿Y por qué iba a pensar que estarías dispuesto a ayudarme? ¿Puedo preguntarte una cosa, Nic? Y sé sincero, ¿te acuerdas de mí? Porque yo no recuerdo nada.

Nic hizo una mueca.

–¿Por qué ibas a acordarte de mí? Eras un bebé –dijo Nic, y le dio un sorbo a la copa–. Sí te recuerdo. Te encantaba quitarte la ropa. Eso nos hacía reír.

Demitri soltó una risita. «Fiel a mis costumbres», pensó, y no podía esperar a contárselo a Natalie.

Le encantaba su risa. La amaba.

–¿Natalie sabe algo de todo esto? ¿De dónde venimos? –preguntó Nic.

–Es la única persona a la que se lo he contado.

–Sí, parecía que estabais muy unidos. ¿Qué ha pasado?

–¡Se nota que eres periodista!

–Solo intento ayudarte –dijo Nic–. Ella parece buena persona y no creo que tú te hayas salido del negocio familiar por una mujer a la que no amas. ¿Se lo has dicho?

La palabra fue como una puñalada.

–Dijo que no era suficiente –dijo él. Era una fantasía. No alguien real. Una manera de encontrar placer, no un hombre con esencia... Justo lo que siempre había mostrado de sí mismo, así que igual se merecía lo que le estaba pasando, pero no podía soportarlo. No sabía cómo vivir sin ella.

–Ella no parece el tipo de mujer que abandone a un hombre cuando él le ha dicho algo así.

Demitri frunció el ceño al oír sus palabras.

–No, eso es algo que ella dijo cuando hablaba de por qué nunca volvería a casarse. Yo nunca le he dicho...

Era un idiota. Había estado tan ocupado preocupándose por protegerse que había dejado a Natalie colgada con su propia declaración de amor.

–Lo he estropeado todo, ¿verdad?

–Me temo que sí –dijo Nic–. ¿Le has propuesto matrimonio?

Demitri hizo una mueca. Anhelaba los días en que metía la pata y no le importaba.

–No con un anillo. Ni de la manera correcta –admitió.

Nic respiró hondo.

–No soy un columnista de revistas de corazón, pero... Esto es lo que sé. Si quieres ganarte a una mujer has de ir a por todas. Darle todo lo que tienes. Orgullo. Autoestima. Corazón. Alma. Todo.

–Ojalá fuera tan sencillo –dijo Demitri, pensando en lo difícil que era que Natalie aceptara cualquier cosa. Lo que él le había dicho acerca de que siempre quería ser la responsable de todo, sin contar con nadie, era verdad.

«Mis expectativas eran muy bajas».

Él lo había oído de otra manera, pensando que ella se refería a él, demasiado furioso con el comentario de que era una fantasía para procesar lo que estaba sucediendo, pero al pensar en cómo y por qué ella había aprendido a responsabilizarse de todo, vio a una niña obligada a servir a los demás. Se preguntaba cuántas veces habría deseado ir al cine con amigos, o continuar con el patinaje sobre hielo, y su madre le había tenido que decir que no porque la necesitaba. Ella no guardaba rencor por ello, pero la vida le había jugado malas pasadas. Incluso la posibilidad de cometer errores con los chicos solo le había durado una noche. Lo suficiente para quedarse embarazada, crecer y no volver a hacer nada para sí misma.

Excepto pasar unos días en Francia. Aparte de eso, era probable que nunca hubiera tenido un momento de egoísmo en su vida. Incluso había entregado su corazón sin atreverse a pedir nada a cambio.

Por supuesto que ella lo amaba. Por supuesto que las palabras significarían mucho para ella, siempre que fueran pronunciadas con sinceridad. La manera en que ella amaba a su hija, a sus familiares muertos, era algo para siempre. Ella lo amaría a él hasta el final de los tiempos, y debía sentirse privilegiado por el hecho de que ella hubiera experimentado un sentimiento así hacia él.

—Gracias, Nic —le dijo, y le dio una palmadita a su hermano en la espalda—. Ya sé qué hacer —dejó unos billetes sobre la barra para pagar la copa y añadió—. No permitas que se marche con Zoey antes de que yo llegue.

Natalie deseaba morir, pero Zoey había perdido su conejito en algún lugar de la suite de Nic y Rowan y se negaba a marcharse sin él.

Rowan le había pedido a Natalie que consultara con la almohada antes de tomar una decisión, pero cuando Natalie se levantó al día siguiente la suite seguía vacía. Lo único que deseaba era recoger a su hija y regresar a Canadá.

Sin embargo, no lo conseguía.

Empezaba a comprender por qué a Demitri la familia Makricosta le resultaba tan pesada con sus comentarios inclusivos y su dedicación a los niños. Todos habían quedado a la hora del *brunch* y Rowan insistió para que Natalie se reuniera con ellos. La ausencia de Demitri se excusó con un «ha tenido que salir a por algo», y el trato que recibía su hija era como el de cualquiera de los niños de la familia.

Natalie murmuró algo acerca de que había tomado demasiado champán para explicar su estado taciturno y se ocupó cortando los gofres para los niños.

Lo único que quería era marcharse antes de que Demitri apareciera, aunque no esperaba que asistiera al evento. Y si lo hacía, no sería para verla a ella.

Se abrió la puerta y todos los adultos se callaron. Ella se percató de que todo el mundo sabía que la noche anterior había discutido con Demitri.

Oyó unos pasos acercándose, pero permaneció sentada en la mesa.

–No me mires así –le dijo Demitri a uno de ellos–. Estoy arreglándolo.

Natalie vio la mano de Demitri delante de sus ojos y, al momento, él le retiró el tenedor y el cuchillo de las manos.

Ella se cubrió el rostro con las manos. Escondiéndose.

–Vamos, Natalie –dijo él–. Tenemos que hablar.

–¿Mamá? –su hija la llamó al ver que toda la atención estaba centrada en ellos.

–Está bien, cariño. Solo necesito hablar con ella un minuto. Enseguida volvemos –dijo Demitri–. Vamos –le insistió a Natalie–. ¿O quieres que lo hagamos aquí?

«No».

Natalie se puso en pie, y apenas se percató de que Theo le entregaba algo a Demitri. Una vez al final del pasillo, se dio cuenta de que era una tarjeta de seguridad. Entraron en un salón privado con grandes ventanas con vistas a Central Park.

–Lo que te dije anoche... –comenzó a decir ella, forzándose para mirarlo–. No quería decir que formar parte de tu familia no me parece lo suficientemente bueno para mí. Son maravillosos. Zoey...

–Te diría que te olvidaras de mi familia, pero no quiero que los olvides. Ellos forman parte de lo que voy a ofrecerte tanto como yo. Ya se han encariñado contigo, Natalie. Ellos son tu plan B y no van a permitir que me escape si te hago daño. Tampoco es que yo quiera hacerte daño.

–¿Porque tienes miedo de su desaprobación? ¡A eso me refería anoche!

–Durante toda mi vida no he tenido más que su desaprobación. Estoy acostumbrado. No, su aprobación era lo último que esperaba conseguir cuando te pedí que te casaras conmigo. Quiero tu amor, Natalie.

Sus palabras provocaron que se le encogiera el corazón. Y eso la asustó. Negó con la cabeza, intentando evitar que él continuara, pero Demitri se acercó con determinación.

–Tú me quieres –la sujetó por la barbilla para que lo mirara a los ojos–. Eso no era parte de la fantasía. Es real. Tu amor es mío, Natalie. Y no permitiré que me lo muestres y que luego te niegues a dármelo. Lo quiero. Y lo voy a tener.

A Natalie le temblaban los labios y sentía ganas de llorar.

–Voy a darte mi amor para que puedas enseñarme cómo hacerlo mejor y más fuerte.

Ella pestañeó, tratando de verlo entre las lágrimas. Estaba segura de que no había oído bien.

Demitri le acarició la mejilla y le secó las lágrimas de las pestañas.

–Vas a aceptar mi amor, Natalie. Vas a permitir que te dé todo lo que necesitas. Y si me olvido de algo, vas a decírmelo para que pueda ofrecértelo.

–No es tan fácil. Zoey...

–Me ayudarás a hacerlo bien con ella. Y con los hijos que tengamos juntos...

–Pero...

–No, escucha. Sé que tu madre le dio prioridad a Gareth. Sé que no tuvo elección, pero ¿eso qué te enseñó? Que tus necesidades son secundarias. No me pongas a Zoey como excusa y no me digas que es más importante que tu derecho a ser feliz. No tienes que conformarte con unas semanas de fantasía, Natalie. Puedes tener esto todo el tiempo. Puedes tenerme a mí. Puedes tener un hombre que pague las facturas y envíe a Zoey a colegios caros, y que te dirá que trabajes para mi hermano si quieres, no porque lo necesites. Voy a abrir una empresa nueva en Montreal y viviré allí, quieras o no, porque te quiero. Quiero estar contigo. Te amo.

Sus palabras se posaron en su pecho, donde residían los sueños secretos, como el patinaje sobre hielo o los maridos que regresaban a casa. Donde cada aspecto de su vida no solo dependía de ella, sino que era un reto común. Se había convencido de que no necesitaba una pareja.

No obstante, la deseaba.

Y mucho.

¿Aquello estaba sucediendo de verdad?

Demitri sacó una caja de su bolsillo y le ofreció su contenido. Un anillo de diamantes.

–¿Te casarás conmigo?

Natalie comenzó a temblar.

–Podrías elegir a cualquier mujer. Lo sabes, ¿verdad?

–Natalie, eres la única mujer a la que he amado nunca. La única a la que le he propuesto matrimonio. Tú eres la que podría tener a cualquier hombre, y nunca me tomaré a la ligera el hecho de que estés dispuesta a aceptarme. ¿Te casarás conmigo?

–Sí –admitió con un susurro.

Demitri sacó el anillo y se lo colocó en el dedo. Era precioso.

La besó en los nudillos, y luego en los labios.

–Te quiero –le dijo ella, asombrada por la gratitud y el entusiasmo que veía en su mirada.

–Yo también te quiero –dijo él, abrazándola con fuerza.

–Gracias por haber vuelto –dijo ella.

–Siempre –prometió él.

–¿Se lo decimos? –preguntó ella, después de varios besos.

–Quiero ver la reacción de Zoey –admitió él con una sonrisa–. Estoy loco por ella. Es tan fácil quererla como a su madre.

Sus caras debieron contar la historia. Nada más verlos entrar, sonriendo y abrazados, la gente empezó a aplaudir y a abrir botellas de champán. Natalie le mostró el anillo a Zoey y dijo:

–Demitri y yo vamos a casarnos. ¿Qué te parece?

–Me gusta –dijo Zoey, como si le hubieran pedido opinión sobre el anillo–. Es bonito. Si os casáis, ¿eso significa que podéis tener un bebé? Porque quiero un hermanito.

Epílogo

NATALIE salió al jardín de Rosedale, la casa que Nic y Rowan tenían en una isla griega. Los hombres estaban haciendo una barbacoa y hablando de política mientras cuidaban de los niños. Las mujeres hacían viajes a la cocina, tratando de mantener a todo el mundo alimentado e hidratado.

Natalie adoraba cuando estaban todos juntos. No era fácil que ocurriera, pero siempre daban prioridad a los cumpleaños de los niños y el de Evie era al día siguiente.

–¿A quién te has encontrado? –preguntó Demitri al verla con su sobrino Zephyr. Demitri lo tomó en brazos y lo lanzó al aire–. Ya era hora de que te despertaras, campeón. Todo el mundo preguntaba por ti. Zoey, mira quién se ha despertado.

–Jaya también está despierta –dijo Natalie–. Saldrá enseguida –todos habían llegado allí por la mañana, pero algunos estaban más afectados que otros por el jet lag.

Demitri le entregó a Zephyr a Zoey y se acercó a Natalie para rodearla por la cintura.

–Zoey, no tienes que llevarlo en brazos –dijo Jaya nada más salir al jardín. Se acercó a su marido medio dormida, y Theo le acarició la espalda.

–Me gusta –dijo Zoey. El pequeño era la mitad de tamaño que su prima de siete años–. Llevo a mis otros primos todo el rato. Mamá, me dijiste que probablemente nunca tendría primos por tu parte, solo por la de papá. Ahora tengo cuatro.

–Lo sé. Hicimos buen trabajo, ¿verdad?

–Sí –dijo Zoey con una sonrisa.

–¿Cuántos primos tiene por la otra parte? –preguntó Nic.

–No es una competición –comentó Natalie.

–Solo lo decía por si podíamos colaborar de alguna manera –repuso Nic.

Rowan soltó una carcajada y abrazó a su marido.

–¡Estábamos deseando contároslo! Nos han llamado de la agencia. Tienen un niño de la misma aldea que Evie. Podemos recogerlo la semana que viene, y esperamos que alguno de vosotros se quede cuidando a Evie.

–Por supuesto –dijeron todos a la vez, abrazándolos y felicitándolos.

Cuando se calmó el alboroto, Adara dijo:

–Hay más –miró a su marido, después a Jaya y se mordió el labio–. Nosotros también tenemos una noticia. Ya sabéis que nunca hemos querido abrir la caja de Pandora que supone el pasado de Gideon, así que la adopción nunca ha sido una posibilidad para nosotros. Sin embargo, una amiga de la prima de Jaya está embarazada. Es muy joven, pero quiere tener el bebé y darlo en adopción. Hemos hablado con ella varias veces y... Por supuesto, puede pasar cualquier cosa, pero parece convencida.

–Le hemos ofrecido ayuda para que pueda quedárselo, pero quiere terminar los estudios. Ha conocido a Androu –dijo Gideon, señalando a su hijo–. Está segura de que nosotros podemos darle una educación mejor. Ambos lo creen. El padre del bebé está dispuesto a casarse con ella, pero no tiene mucho que ofrecer. Y está muy asustado con la idea de ser padre. Cree que no lo hará bien. Prefiere que su hijo tenga más estabilidad y oportunidades.

–Sale de cuentas dentro de un mes... Bueno, ya he dicho que todo puede cambiar, pero creo que vamos a tener un bebé –dijo Adara con una sonrisa.

Todas las mujeres la abrazaron, los hombres la besaron y estrecharon la mano a Gideon.

–Maravilloso –dijo Demitri–. Por supuesto, mi hermano, el genio de las matemáticas puede pensar de otra manera. ¿Cómo va el jet lag y la intoxicación de tu esposa, por cierto?

–Está bien, ¡no me he intoxicado! –dijo Jaya–. Y debe de ser una niña, porque con Zephyr nunca estuve tan mal –después de que todos la felicitaran, dijo–. Odiaba tener que ocultároslo. Lo he hecho por esa estúpida norma sobre...

–Esperar tres meses. Lo sé –dijo Demitri–. A mí también me molesta.

Todo el mundo se quedó callado. Miraron a Natalie y ella se sonrojó. Ellos sonrieron.

Adara contuvo las lágrimas y dijo:

–Oh, Natalie.

–Lo sé –dijo ella, a punto de llorar. Estaba feliz. Realmente feliz. Habían esperado a que la empresa de Demitri estuviera encauzada, algo que ocurrió enseguida porque él tenía muchos contactos.

Natalie había terminado un proyecto especial que había desarrollado con Jaya y después...

La vida era perfecta.

Después de recibir las felicitaciones de todos, Natalie abrazó a Demitri.

–Gracias –susurró ella–. Gracias por darme todo esto.

–Gracias –dijo él, besándola en los labios–. Nunca me imaginé así.

–¿Un padre? ¿Formando parte de una gran familia?

–Feliz –la corrigió él-.Viviendo feliz para siempre.

Acepte 2 de nuestras mejores novelas de amor GRATIS

¡Y reciba un regalo sorpresa!

Oferta especial de tiempo limitado

Rellene el cupón y envíelo a
Harlequin Reader Service®
3010 Walden Ave.
P.O. Box 1867
Buffalo, N.Y. 14240-1867

¡Sí! Por favor, envíenme 2 novelas de amor de Harlequin (1 Bianca® y 1 Deseo®) gratis, más el regalo sorpresa. Luego remítanme 4 novelas nuevas todos los meses, las cuales recibiré mucho antes de que aparezcan en librerías, y factúrenme al bajo precio de $3,24 cada una, más $0,25 por envío e impuesto de ventas, si corresponde*. Este es el precio total, y es un ahorro de casi el 20% sobre el precio de portada. !Una oferta excelente! Entiendo que el hecho de aceptar estos libros y el regalo no me obliga en forma alguna a la compra de libros adicionales. Y también que puedo devolver cualquier envío y cancelar en cualquier momento. Aún si decido no comprar ningún otro libro de Harlequin, los 2 libros gratis y el regalo sorpresa son míos para siempre.

416 LBN DU7N

Nombre y apellido	(Por favor, letra de molde)
Dirección	Apartamento No.
Ciudad	Estado	Zona postal

Esta oferta se limita a un pedido por hogar y no está disponible para los subscriptores actuales de Deseo® y Bianca®.
*Los términos y precios quedan sujetos a cambios sin aviso previo.
Impuestos de ventas aplican en N.Y.

SPN-03   ©2003 Harlequin Enterprises Limited

La fantasía del pirata

Anne Oliver

Era Navidad y Olivia Wishart había decidido olvidar el pasado y divertirse. Y nada mejor para divertirse que una elegante fiesta. Con su nuevo vestido rojo y unos zapatos de altísimo tacón, sujetando con fuerza una copa de champán, estaba decidida a vivir la vida al máximo.

Estaba convencida de que los nervios de la fiesta eran lo único capaz de acelerarle el corazón, hasta que apareció el hombre más guapo que había visto nunca. Y Olivia no iba a dejar pasar aquella oportunidad…

Tenía todo lo que ella podía desear

¡YA EN TU PUNTO DE VENTA!

Bianca

«Esto solo es una partida de ajedrez para ti y yo soy un oportuno peón...».

Nicodemus Stathis, un magnate griego, no había conseguido olvidar a Mattie Whitaker, una hermosa heredera. Después de diez años de deliciosa tensión, Nicodemus por fin la tenía donde quería tenerla.

La familia de Mattie, que había sido muy poderosa, estaba a punto de arruinarse y solo Nicodemus podía ofrecerles una solución... ¡una solución que pasaba por el altar!

Quizá ella no tuviese otra alternativa, pero se negaba a ser la reina que se sacrificaba por su rey. Sin embargo, la seducción lenta y meticulosa de Nicodemus fue desgastando la resistencia de su reciente esposa y las palabras «jaque mate» dichas por él anunciaban algo prometedor...

SUYA POR UN PRECIO
CAITLIN CREWS